係－戰後○台灣語言相關資料○雜文及其他○蔡培火全集○家世生平
與交友○政治關係－日本時代○政治關係－戰後○台灣語言相關資料
○雜文及其他○蔡培火全集○家世生平與交友○政治關係－日本時代
○政治關係－戰後○台灣語言相關資料○雜文及其他○蔡培火全集○
家世生平與交友○政治關係－日本時代○政治關係－戰後○台灣語言
相關資料○雜文及其他○蔡培火全集○家世生平與交友○政治關係－
日本時代○政治關係－戰後○台灣語言相關資料○雜文及其他○蔡培
火全集○家世生平與交友○政治關係－日本時代○政治關係－戰後○
台灣語言相關資料○雜文及其他○蔡培火全集○家世生平與交友○政
治關係－日本時代○政治關係－戰後○台灣語言相關資料○雜文及其
他○蔡培火全集○家世生平與交友○政治關係－日本時代○政治關係
－戰後○台灣語言相關資料○雜文及其他○蔡培火全集○家世生平與
交友○政治關係－日本時代○政治關係－戰後○台灣語言相關資料○

【蔡培火全集 二】

政治關係—日本時代（上）

主　編／張漢裕

出　版／財團法人吳三連臺灣史料基金會

目　録

論文　7

回憶日本時代民族運動 187

論文

巻頭之辭（一九二〇、七、十六）

空前で而も絶後であらうところの世界大戦乱は、過去の歴史となつた。幾千萬の生靈、このために赤い血潮を流して、白い枯骨と化した。アー、惨絶！・悽絶‼人類の不幸これより大なるものまたとあらうか。

この絶對の大不幸によつて、生き残つた全人類は既往の惰眠から醒めた。暗黒を厭みて光明を慕ふやうに醒めた。横暴に抗じて正義に従ふやうに醒めて来た。利己的、排他的、独尊的の野獣生活を排して共存的、犠牲的、互譲的の文化運動を企てるやうに醒めて来たのである。観よ、国際聯盟の成立、民族自決の尊重、男女同権の実現、労資協調の運動等、一としてこの大覚醒の賜でないのはない。台湾の青年！・高砂の健児！・吾人は尚ほ立たないで居られやうか。斯の大運動の真義を解せず、これに共鳴し得ない人は、人としての価値が零であらう。況や国民となるに於てをやである。

不幸にも我が台湾は地理的に偏陬で且つ狭小である。吾人はそ為めで、文化的世界の大勢に落伍したものである。甚だ残念でならぬ。諸君よ、吾人はかやうに文化の落伍者となつてゐる結果我が三百余萬の不幸をのみ来して他に影響なしとならば、まだよいかも知れぬ。若しや吾人の缺陥の致すところとして、更に国中の均衡を失はしめ、世界の平和を破らせるやうな基を造ることであるならば、その罪悪実に懼しいものでなければならぬ。吾人は須く三省四省するを要する。吾人は平和を愛護する前提として、先づ自新自強の途を講ずる必要があるのである。

吾人は深思熟考の末、遂にかく悟つた。即ち広く內外の言論に耳を傾け、取るべきものを細大となく取り入れて我が養ひとする。而して養ひ得た力を惜げなく內外に向つて尽すと云ふことは、正に吾人の理想で、勇進すべ目標である。我が敬愛する青年同胞!共に立て、共に進めよ。

原發表於《台灣青年》創刊號

對內根本問題之一端（一九二〇、七、十六）

世界大戰突發以來，新生之問題可謂多矣。各國人民齊唱平等自由，欲期其實現而作種種之運動者，誠可謂中心之大問題也。夫此世界之思潮，澎湃無處而不到，吾人雖處海隅，欲無所施為其可得乎。一盆清水，如器底有絲毫之疏漏，則水不得恆靜矣。倘以吾人之不備，而失大勢之均衡，釀人類之禍端，則其責不可勝當焉。在京同人，有鑑於此，乃共協力創刊此誌，用徵公論，剖明共同之目的，以應大勢之要求，實空前之快舉也。

余素不學無文，且賦性魯鈍，雖然，既生為台民之一份子，亦有應擔之本分，故敢斗膽開陳管見，倘獲大方君子之贊襄，互相加鞭而勉為，則不僅鄙人之幸已也。

夫我台灣，係滄海中之孤島，住民不過三百五十萬，地偏而人少，遂致世界聲氣幾乎不通，社會風化不振，文物不興，事無大小，物無輕重，一一仰給於人，如孩童之於親師者然。文野之別，若以貢獻人類文化福祉之多寡為標準，則吾人之地位，將奚擇焉。思念及此，吾人雖自稱為人類之一員，不亦羞愧之甚乎。溯其源由，雖有種種，然余敢斷出自我多矣。故余欲先求與同胞互相內省，以明潔己之道，願我同胞毋以我為好事之輩，蓋聞古人有言曰：「短不可護，護則終短」，又曰：「反己者，觸事皆咸藥石」，幸同胞諒之。

一、廣胸懷

夫福生有基，禍生有胎，顧我社會之萎縮不振，乃若今日之甚者，何所由歟，鄙人竊以為我眼光之淺近，我理想之卑陋，我胸懷之狹隘，是其第一之理由也。若夫眼光淺近、理想卑陋，胸懷狹隘之三者，何由使然，余則尚未能明焉，或者，因我島之僻隅小局，風氣閉塞，不知不覺感染俗化，以致如此歟。抑或因吾人好靜之性，日夜跼蹐家園，徒與兒孫作戲，崇山不攀，幽林不入，圈海不遊，外洋不渡，無偉大邃遠天地自然之感化，以使然者乎，然非先天之個性者明矣。夫我先人渡台之時，豈非抱有遠大之志，闢乾坤之謀哉。回憶改隸以來，以閱廿五星霜，當局苦心經營，大新舊來之面目，在台內地人之事業，日盛一日，殆有旭日東昇之勢，然而吾儕則僅株守家園，徒以糊口為念，既無建造鴻業之策，又乏替天地化育之心，噫！人生之極致，豈若是哉？曾文正公曰：「富貴功名，皆人世之浮虛、惟胸次浩大，是真正受用。」吾人當三思焉可。

同胞諸君，過去五年間之歐戰已極人類之慘矣。今後之事，莫不注意東洋之大局，奈何際此風雲急切之秋，世態渾沌之時，朝鮮亂而日華乖，此不特為東方慮者，凡欲為人類和平而憂戚者，寧能無拍案而長歎乎。世有民族中心主義者，有武力萬能主義者，夫民族之別，固不能忽，武力之要，又何待言，然其所主持，倘僅以排他立己為眼目，則其為謬甚，而遺害大矣。

獨逸之敗，非偶然也。人豈有生而無口者乎，有則必食，豈有生而無手足者乎，有則必動，是天之所命，非人之可違者也。可知人類，體雖相殊，其稟命則一，豈容一己一族之私，而廢其他之所職者哉。孔子云：「己欲立而立人，己欲達而達人」，誠不磨之聖訓也。此蓋示吾人以互生共濟之道，欲建天下昇平之大策也。

顧我台灣，乃日華接觸之地，和漢共存之境，東亞此後之大局，苟無光明則已，有則自我台灣島發也必矣。此乃自然之大勢，時代之潮流，故余深望我同胞，善察時運之傾向，覺自身之地位，去偏狹而就寬宏，捨淺近而取遠大，勇為而猛進，代金雞之勞役，促東亞之曙光，諸君以為何如。

二、破迷信

信仰之力，誠大矣哉。人莫不有信仰，其畢生行動，全受其信仰之支配，然信仰真者，則其所行正，偽則趨於邪，而誤其生涯矣。夫信仰之對象，或神或佛，或物或理，姑且勿論，但務以精純為切要，如不精純主一，則所信動搖猶難船之失方向，沉溺苦海，空費其一生矣。嗚呼！余觀我台人之信仰，誠可謂不精之至，不純之極，竊以為可憂焉。

再察我島人對神佛之觀念，則更有可長歎者。信者全以神佛為私慾、私情之保護者，而不關念其教旨之所存，社會人心之趨下，由是而益甚矣。彼愚男愚女，或設祭壇於家，或參廟致獻，觀其外容，則虔且誠矣，察其內心，實邪念滿滿，非有慕德感恩之念，亦非有知罪求赦之誠，僅信以三條香、一對燭，便能買神佛之歡心，為其圖謀照護無窮之幸福也。噫！迷信至此，其可謂極歟。至夫對自然界之迷信，則又阻我文化之發達者多，害我社會之利福者甚矣。如彼風水說之迷信，或對水火風雨雷電之迷念，則是當今萬人所共嘲笑者，嗚呼！同胞諸君，夫迷信，雖各國都有之，然倘有害我社會之向上者，則鳴鼓而攻之，有何不可哉？願與諸君共勉之。

三、貴體育

身體之於精神也，其關係密矣。西諺云：「健全之精神，宿於健全之身體」，誠欲心之壯者，必期身之剛強；欲意之暢伸者，必期體之達用；欲身體之剛強而達用者，則講武以修練之，體育之要，誠不可忽也。不幸吾人素厭勞働，重文而輕武，如洗掃射御諸藝，乃先聖之遺習，而竟謂下流之所職。婦女則又深閨蟄居不見天日，如此污習，連綿相繼，不知其幾多年矣。釀成吾人今日之體格，殆無與人並肩之地。噫！孱弱短命，豈吾輩之命運哉。余信旻天之不私也。夫人體弱則為自衰，所想都屬苟且退守之類，際此競爭激烈之世，欲不居落伍劣敗之地豈可得耶。

今秋在白耳其之安府，有萬國體育之競技大會，由我內地亦經簡送十餘之選手，環球各文明國，皆自早為之留神注意，費卻巨多之款而不惜者何，蓋欲互相比較體育之強弱，以激增其國民之覺悟也。最近五月初，米國市我古大學野球選手一團來朝，不辭重洋之勞，精神物質之巨費，欣欣然與各大學選手，連日競技不息者，豈一場之痴戲哉。

夫對體育之趣味，我東洋人，概都淡薄，即是東洋人之通弊。然而內地自維新以來，國民對此之自覺，勃然興起，趣味彌增，設備彌全，技倆效果，亦漸向上，殆不遜色諸先進國矣。轉視我台之現狀則如何，雖蹈青遊步，都尚厭勞不為，況肯捐資用力，以計謀種種之施設者乎。幸我同胞鑑覺此點，極力排棄向來之陋習，採納適當之方法，鍊筋骨，養毅力，造就完全之體格，奔馳崎嶇之世道，如是，則我同胞之前途，還有許多山水清秀風光明媚之佳景也。

四、養趣味

夫人生一世，祗孜孜於物欲之中，追從於實利之後者，決非完全有意義之生活也。必也時放形骸之外，作風流之氣概，或尋花於細雨之間，或吟嘯於皎月之下，或浮輕舟以垂釣，或登東皐以望遠，悠悠自適，從容而無所牽制，斯可謂真正之生涯焉。蓋夫真善美，乃造物之理想，人類營生之標的，是故美的生活之不可忽略也明矣。

趣味者，即追美之至情，與文明而並進者也。今觀我台人，則甚缺乏，是以音樂不興，美術不振，梨園則荒廢，不足以悅目，至於對自然景物之興趣，又殆無可以言者。憶吾人繼承四千餘年之歷史，先人遺受之文物，亦有足以宣揚於中外，而因吾等趣味之低下若是，遂令家庭社會，盡屬乾燥無味，如一片不毛之荒野。余萍蹤在外，頗獲目睹他人生活之機會，每彼此相比較之，則不禁慚愧之至也。

如內地人之趣味，則自覺高尚，足以使人欽佩者不少，譬如在家、則有插花、盆景、茶道等等優雅之研究，在外則舉家相攜，或蹈青於春初，或賞楓於秋末，作種種之清遊，享天倫之快樂，若夫歐美人之趣味，實更有可欽服者。倘吾儕不甘居於野人之列，冀發揚我生活之真義，則又不可不注意培養高尚之趣味焉。

五、習科學

東西之文明，各有其所長，然西洋文明，則出我東洋文明之上者遠矣。夫我東方文明，僅區在精神範圍之內，物界之研究，寥然殆無可觀也。西方之文明則不然，精神之上，還有物質之穿鑿，且其考究之方法，不像我東方之雜然無序，別備一種論理的者，即所謂科學的之方法是也。因有此法，故其所講愈精，所載愈實，竟成燦然之文化，俾益人類之福祉，殆不知其幾何矣。

然則何謂科學，科學有廣狹兩義，狹義之科學，僅指自然科學而言，即以宇宙間之物質，並以其森羅萬象為題而考究之學問也，如物理學、化學、博物學、天門學、氣象學、工學、醫學等等，悉包含在內。廣義的科學，是指一切之社會科學而言，所謂社會科學者，是以研究自然科學之方法，適用在一切社會人事之學問上，如社會學、論理學、教育學、法律學、經濟學、歷史學等是也。雖然此廣義之科學，時有用之更廣，如哲學、音樂、美術等，以研究自然科學之方法而考究之者，皆可稱為科學焉。若問何謂自然科學之方法，因恐散亂本論之主旨，故請待他日，別詳述之。

顧我東洋，由造物所受者，豈有大遜於西洋者乎。以地而觀，不減其寬，以人則不減其眾，以氣候物產，又非絕在其下，至於文明之程度，則雖三歲孩童，亦知其有天淵之差矣。余非謂我東洋文化，全無特色而可誇揚之點，奈於全體而言，則不得不云是耳，察其究局之原因，悉在未曾採納自然科學之方法，而闡明事物之所以然故也。蓋東亞之文明，概以主觀而集成者，夫主觀之考察，是不外心理之作用、精神的者也，故難免多陷於揣摩臆測之弊，若歐美文明，以主觀之察，又兼客觀之證，是心理作用之外，又重感官之觀察。正可謂以內外挾攻之法，而編成者，其文明之竟，跨於心物之上，是精神物質兩全之精華也。

於是乎，吾輩不得不自猛悟我文化之弱點，而求匡救之策也。以余愚見，則以科學為關要，故願我同胞傾心血而講習之焉。

六、興言論

以上列陳數項，不過略述其大體，倘不見鄙於大方，則萬幸矣。至夫精密有據之見解，宜待同胞互相之研究，不偏不倚之方策，須由同胞嚴正之公論，始克完全以補時弊也。

吾人賦性，愛好和平，厭以言論生端，故每於數人聚會，惟清淡以消刻，追理之言，執正之語，殆不可得而聽焉。及改隸以後，情境激變，大異從前，雖集首清談，竟亦不敢，是前之苟且，今加以畏縮，嗚呼言論一語，不存於台灣矣。夫能語言，誠人所以冠萬物之特質，能言論，實文明社會之特長也。是故環球之文明各國，欲期其國家之隆盛，悉有言論自由之保障，「萬機決於公論」，此實明治大帝昭然之聖勅，國民之所共遵奉而不敢稍違者也。今我島之言論，似此蔽塞不振，誠可謂大虧聖代新民之職分也。

同胞諸君，吾人前途，對內對外之問題甚多，殆不可勝舉，雖然天助自助之人，匪吾儕自相協力，大徵公議，恐無可解決之一日歟。奈因世態都屬倒懸，情勢悉是矛盾，如必執正刮言，難免多生關礙，是恐言未盡，而害立至矣。然而天理公道，不容苟且，志士至此，則僅知秉公守正，侃侃諤諤，言其所當言，為其所當為，毅然而立，猛然而進，山嵐野雨，只任其悽慘，不遑瞥及矣。余曾與一友，在京進謁下村長官，閣下有謂：「天下事，唯至誠能成之，至誠之所在，雖流血不顧也，觀夫大和之赤穗義士，中原之文天祥，猶太之基督，無不其誠彌至，而其功彌大焉」，誠哉是言。

幸而聖慮優渥，台閣英明，我島二十餘年來軍刀之政治，已兼文化之德育，新督憲田男爵閣下，實皇國之藩塀、文治之巨星也。雖然今有赫赫在上，苟無明明在下，台灣之將來，未必即可樂觀也。同胞，吾儕應存心秉正，盡誠言論，闡明公眾之標的，藉資互相之切磋，並供當局之參考，庶乎頹勢可復，光明可見，則國家幸甚，社會幸甚。

原發表於《台灣青年》創刊號

吾人の同化観（一九二〇、八、十五）

一

同化と云ふ作用は極めて広汎に亘つて行はれてゐる。植物界の同化作用や、動物界の同化作用は、小学児童と雖もよくその事実を知る。又、人の心的作用として、新に起つた精神作用を過去の経験に基いて得たところの心的結合体の中に取り入れる働きも、同化作用の一種である。更に各人、各社会、各民族が文化の発達に随れて、他人、他社会、他民族と接触する機を得て、種々比較考究の末、自他の長短得失を悟り自ら進んで我が陋習を棄てゝ、人の良風に倣ふと云ふやうに、相互に天地の公道に則つて歩調を整へることは、即ち人文上の同化である。尚ほ前述の如な自発的の同化と異つて、全く自己を中心とし標準として、自己と異性質の他のものを自己と同性質のものにして終ふ如な強制的の同化運動もある。我々は上記数種の同化を二類に分けることが出来やう。即ち自然的同化と人為的同化とであつて、共に事実として地球上にある事柄である。然し其の行はれる状態と結果は果して如何なるものであるかは努めて考へて見やう。そしてこの同化なる問題は我が台湾に於ても随分八鼎しいものであるから、今まで見聞したことゝ、愚見を合せて述べて置かう。

二

動植物界の同化作用とは、広義に云へば、即ち動植物がその営養料として外界から摂取した物質を、自分の体質の固有成分に変化せしめる機能を云ふ。此の定義に対する論証は、広汎に過ぎて、博物学者の専門に属するもの、到底我々の及ぶところでない。玆には單に植物の炭素同化作用について植物学者の教へて下された智識を、荒増に記して見やう。

植物が空中の二酸化炭素と水とからして、一定の有機化合物即ち含水炭素質に合成する化学変化は、取りも直さず炭素同化作用である。此の作用に於て必要とする「エネルギー」即ち原動力は、日光によつて供給されるゆゑ、日光のない暗所では、此の炭素同化作用が行はれない。而してこの作用を司るものは、葉である。葉には顕微鏡で視れば、層を構つてゐる無数の葉緑体と云ふ極く微細な器があつて、その中に葉緑素と名付ける色素を含んでゐる。空中に存する炭酸瓦斯即ち二酸化炭素は、先づ吸はれて葉緑体中に入る。そこで若し日光があれば、葉緑素体中に含まれてゐる葉緑素がその刺戟を受けて、二酸化炭素を炭素と酸素に分ける力を持つやうになる。分解されて出来た酸素は空中へ吐き出されるが、炭素は直ちに根幹から上つて来た水の分子中の原素と化合して、葡萄糖や澱粉のやうな有機化合物質を生ずる。澱粉は更に糖化して、前の葡萄糖と共に水に溶けて、葉脈から枝、幹、根の各部へ流出して、樹の養ひとなるのである。

斯くの如く炭素同化作用が行はれる結果、植物は生長して花を咲き実を結んで子孫を繁殖する。動物は此の植物により食料を供給せられてその生命を永遠に延す。而して動物が呼吸作用をなして炭酸瓦斯を造り、植物の遺骸は燃焼作用によつて同様に炭酸瓦斯を製出する。かやうに観れば、炭素同化作用はその関係する範囲が実に広く、その結果は誠に無生界と有生界の互立共存を可能とならしめる懼るべき偉大な自然的の働きたるを知る。

此の偉大な巧妙な同化作用は決して無条件で行はれるものでない。植物学者は更にその条件について幾多の研究を重ねた末に明に列挙したのである。

一、必ず葉緑体を包有すること、

二、日光を十分に享受するために葉緑体の表面を拡大すべきこと、

三、同化作用によつて生じた物質を各部へ流し得る通導組織を備ふべきこと、

四、日光を要すること、

五、炭酸瓦斯の存在すべきこと、

以上列挙した五項の中、前の三項は内部的要件で、後の二項は外部的の要件である。此等の一をだに缺せば同化が行はれず、有生無生両界の連鎖が断れて終ふ理である。

三

心理上の同化は、人の精神生活を営む上に於て、重大な使命を有するものである。我々は生涯を通じて、時々刻々に、種々雑多の経験を得る。それらの経験によつて、我々の精神上に於ては、それらに応ずるだけの感覚、印象を生ずる。若しこれらの感覚印象が、我々の精神内で個々別々に、何等の関連なく断片的に存在するものであるとすれば、我々の精神生活は非常に散乱して、労多くして効少なき結果を致すであらう。

幸に自然的の事実として、我々の精神上にも同化作用が行はれてゐて、吾人の精神生活を簡単な統一あるものとし、吾人をして莫大な経験を重ね得しめるやうに、人文の無限な発達進歩を遂げしめるのである。心理学で云ふところの統覚類化は、即ち此同化作用に与へた名称である。心理学者の説くことに依れば、統覚又は類化とは、新に起つた精神作用が、過去に於て経験して得た心的結合体中に組み入れられることである。平く云へば、即ち前に知覚されて現に持つてゐる旧い精神作用が、今知覚された新しい精神作用を統一して、一つの体系にして終ふことである。そして此の作用が行はれる要件として、旧い精神作用は新い精神作用よりも、その範囲が広くて、統一が十分でなくてはならぬ。一例を挙げて見れば、学生が教師から新事実を授けられて、それを理会することは、即ち統覚作用による。児童は厖大な重荷を積んだ列車が蒸汽の力で動くものだと教へられても、若し水の気化する時の体積変化の理を明瞭に知らなければ、到底合点が行かぬでせう。即ち水の気化状態を種々な実験によつて、凡ての場合に矛盾なく、よく統一した事実であることを明確に前以て児童に教へて置く必要がある。児童がこの明確な旧い精神作用即ち智識を以て、列車の動くのは、結局蒸汽機関中の蒸汽圧による、即ち水の気化状態の応用された一つの特殊現象であると理解するに至るのである。

四

熟思ふに真善美は実に宇宙間に於ける一切萬象の帰趨する処、人類営生の奥深き根本的の要求たる絶高の理想である。吾人は自己を欺かぬ限り、真善美の存在する処に猛進せぬことはない。これは誠に人文的同化の行はれる根柢を作る真髄である。我々は茲に実社会の事例について、この人文的同化の行はれる態裁を一瞥して見やう。

自然の地理的区画のために、地球上の各地方に鎖国的の生活を営んだ各民族は、実に多種多様の風俗習慣思想信仰を長い間に造り上げた。思ふにそれらは、必ずや何らかの事由が存するによつて、出来たのに相違ないけれども、真偽、善悪、美醜の別がその間にあることは否認し得ない事実である。

風習から云へば、纏足、吸煙、辮髪、結髪、坐畳、生食、束腰、血闘、飲酒等の如なことは本質的の陋習であつて、無智頑迷でない限り誰も排斥する。衛生的で簡便であることを根柢とする散髪は、既に全文明人の男子が採用する処となり、辮髪も結髪もその影を留めぬ。恐くは美に対する形式的観念を僅か変じさへすれば、婦女の頭も必ず男子のそれに近づくに違いないと思ふ。生れながらの足が真であり善であり美である以上、世界人類の凡ての足が同一になりかへるのは決して永い将来のことであるべき筈がない。

思想上について見れば吾人は更にその著しく同化しつゝあるを認める。長い間に横行濶歩した専制独裁の旧式思想が、至る処に於てその跡を消失せて、今は人格尊重自由平等の声を以て満される世の中とはなつた。その結果政治に於ては各国何れも代議制に同一化して真の国利民福を挙げつゝある次第である。近くは国際聯盟の実現さへあつて、世界の人心挙て永久の平和を維持するに志し、共存互立の精神は誠に現代人の上を統一しつゝあるのである。両性に於ては、男尊女卑の非を悟り女性の覚醒的運動は甲地より乙地へと蔓延してゐる。階級に於ては、奴隷制度が遠くから解除されて、目下は各地で有産無産の両者の格闘中であるのではないか。

信仰のことについても我々は同化の行はれつゝあるを見失はぬ。元より信仰は人心の奥底に存する不見者に対する渇仰で、最も主観的のものであつて、絶対の自由を要求する性質のものである。従つて一村一邑を以て天下全体と看做した人文未開の時代に於ては、此の主観的渇仰が益々その自由性を発揮し遂にその無智のために勝手に自ら認むるところの外物に、その渇仰を寄託するに至るのは理の順序であると思ふ。依つて死体礼拜、祖先礼拜、自然礼拜、動植物礼拜、偶像礼拜等のやうな千種萬別の対象を求めて、これらにその抑へるに抑へられぬ、止むに止むを得ぬ渇仰を注ぎ込み、千変萬化の形式を以て夫々の礼拝を行ひ、その心の平靜満足を得やうとする事実を生じた。然し時が進み人智が開くにつれて、各人各民族間の交通接触が愈々頻繁となつてからは、彼此相互の內心を啟示切磋するの機を得て、前途の如く陋習妄想を棄てると同じく、迷信は漸々と破られて信仰の対象も礼拝の形式も同一方向に帰しつつあるやうになつて来た。即ち多神教か汎神教に汎神教から一神教へと各民族の信仰が益々同一化して、圜球上の所有ゆる文明人の信仰は、一神教的に合致して来たのである。

以上は単に全世界の人類が、如何にその文化的生活の內容と形式を同一化しつゝあるかの一端を挙げたばかりであるが、吾人は更に深く穿鑿せずとも、此等の事に徵じて十分に世界人類の文化的生活が実際に同化しつゝあるを信じて宜いことゝ考へる。而してその同化の標準は、誰の私有を以てするのでなく、実に大宇宙を創造し完成して行くところの真善美それであつて、その同化を促す力は、各人各民族の心底に存するところの自発的の真善美に対する最高の要求熱烈なる自由の意志そのものである。此の同化の度が高まるにつれて人類相互の関係が愈々密接となり、思想感情習慣制度の凡てが益々融和されて、所謂四海兄弟の理想が必ず実現されることゝ我々は信じて疑はぬ。

五

我々は前の数項で自然的同化の行はれてゐることを例証し合せてその状態と結果の大略

を述べた積りであるが、これから人為的同化について、更に愚見を述べて見ると、元来国家と云ふものは、その威勢を張り他国を号令して喜ばうと云ふやうな野心からでなくとも、その領地が小さくてその人民を容れ切れぬときには、勢、他の土地に眼を向けるやうになり、何等かの手段によつてそれを領有するやうになることがある。この場合にはその国民の中に新領地の住民を加へることゝなつて、異種族の人民を有する国家となる理である。こうなればその国家は、統一を計るために、その新附民をしてその国是に適はしめ、その本国民と同一性能を得しめるやうに訓練することを務めるのである。これは所謂同化政策なる統治方針の採用される最も善良の意味に於ての起りで、即ち人為的同化が企てられることになる次第である。

かゝる企てが自然的同化のやうに行はれ得ることであるかを考へて見るに、何うも難いことであるらしい。第一の難点は意志の上にある。元来かゝる企ては双方の自由意志から出たのでなく、全く一方の好都合のために定められたのであつて、若し企てられる方の意志が向はぬと云ふ時には、甚だ実行するに面倒であると考へねばならぬ。第二の難点は個性の上にある。処が変はれば品が変はると云ふやうなことで、業に異つた地方で育つたものであるからには、各異つた習性を持つのは自然である。而もその習性には頭髪のやうなのと、鼻のやうなのがあつて、頭髪はやりやうによつてはその長短や分け方を変へてハイカラにもバンカラにもすることが出来るが、鼻に至つては到底絶望だ。第三の難点は理性の上にある。人間は理性を有する動物であると云はれる程で、その理性に従つて動くことは、丁度水の下に向つて流れるやうなものである。御本家のものは何んでも善い分家のものは何んでも悪いと云ふことは、理の上では認められぬ。理を棄てゝ無理に就けよと命じても、理性の動物が動かぬのは定つてゐる。若し従ふものがあつたら、それは何か他に求めるところがある虚偽の阿諛者でなければ、普通の動物でなければならぬ。色々と挙げて考へると、人為的同化は何うも行はれさうもない。それだから一旦斯る企てをしたものでも、悟りがよくて遠くから止めたものも随分あるかと聞いてゐる。しかし絶対の武力を恃みにして有らぬ限りの圧制と嘲弄を以て斯る企てを強行せんとするものがないでもない。強ひられるものゝ苦痛は誠に憐むべくまた斯る横暴を敢て為すものゝ心理は更に憐むべしである。

然らば人為的同化の企て即ち同化政策は絶対に行はれ得べきものでないでせうか。我々は絶対にさうだとも思はず、若し次ぎの如な条件を附したならば出来るだらうかとも思ふ。第一の条件としては自然的にその新領土が小さくて且つその旧母国から懸け離れてゐることである。これならばその新附民の数も少い理であつて、経済的文化的に雄飛が出来ぬ運命にあるものである。始めは如何に沖天の気があつても、尚ほ次ぎに述べるやうな条件が加はるに従つて遂に彼等は諦めねばならぬことになるだらう。譬如東洋流の旧式嫁入りのやうなものである。新婦の自由選択で嫁めにいつた理のものでなくとも萬事結着をつけた上は如何ともなし能はず、唯運命だと思うて泣き寝入りの状態で鎮つて不識の間に子宝を挙げるやうになるのであらう。

第二の条件としては個性を尊重し善良なる文化を保障してやる挙に出ることであつて、前の譬へで見ても分る如く、夫家の家訓には嫁たるもの宜しく従ふべきであるけれども、お家の存亡に関係のないこと彼の為し能はぬことまでも干渉し強制することは、如何に柔順な嫁であつても、懼しい結果を致すべきは火を睹るより明か。これに反して姑を始め家中の人々が新来の人に温い同情を注ぎ、出来るだけその不便を察してやると云ふことでしたら、嫁はきつと感ずるであらう。その為め或は今までの陰鬱な顔、繊弱な姿が一変して春風満面、抑揚自在の福々した艶姿になるかも知れぬ。第三の条件は異身同体的精神と態度を取ることである。この精神と態度の在るところには、主従、軽重の差別観念がない。これで一切の情意が和げられて一となり、憂戚を共にするやうになるだらう。思ふに近代文明の特色は実に相互扶助の平等観念の発達にある。これは全く近代科学の結晶として我々の知リ得た宇宙の大原則である。過去の歴史は凡て、此の不可侵の原則に背いた悲劇の跡で、その弊害は誠に今でさへ我々をして慄然たらしめるものがある。この人性の機微を察し天命の所在を窺ひ、誠意を以て根本的に人権上の差別を徹して、適材を適所に置いて以てその能力を発揮せしめる途に出れば、人間は理性の動物であると云ふ難点が緩和されるのみならず、反つてその理性に訴へて自然的同化よりも速かに効果を挙げ得ることがあると信ずる。

第四の条件は此の政策を政策として取らぬことである。平く言へば、新附民等に対して同化云々を云ひ振らさぬことである。同化を云々すれば必ずそこに差別のあることを暗示するのであつて、新附民はその為めに旧観念を喚び起されるのである。寝よ寝よと乳母が口喧しくいはず、懸命で静かに子守歌を続けば、子供は遂に安々と深い寝りに就くのである。即ち同化を企てるものが全く同化を忘れるやうにすべきであるのだ。

同じく人為的の同化主義であつても、我々が前二節に於て述べた如く、絶対不可能の場合と相対的可能の場合とのあることを指摘した。再言すれば絶対的自我標準主義の人為的同化運動即ち極端の本国中心の同化政策は、我々はこれを徒労の愚挙であると論断し、地理的に女性的の処では、自然的同化の理法に根據を据えた、人道主義の同化政策を、用ひたらば有効であると我々は承認する。

我々は茲に一言附け加へて置きたいことがある。即ち同化政策なるものは前途の如く極く特別の処で厳正な心懸を以てこれを行ふでなければ奏効し得べきものでないから、斯る手段を取らぬやうにするのは平和の為めに甚だ望ましい。これが為めには侵略的領土拡張の野心を寸分とても持たぬが切要である。凶暴の独逸は世界を号令しやうとして反つて全人類の監視の下で呻吟し、中原四百余州を一気に馬蹄で蹂躙した満清は目下不見目な末路を趁つて、その余命を繋いてゐるのでないか。冷静に採つて亀鑑とすべきである。

されど人口超過で困む国家が現はれた場合には如何に緩和の道を講ずべきであらうか。我々はその解決法として平和的の移民をやればよいと考へる。何も好んで砲煙銃火の間で解決を求むる必要があるまい。思ふに我々人間は相互に天から賦けた命令で是非とも生きねばならぬものである。従つて生きられぬ場所から生られる場所へ移ることは、如何なるものと雖も口状を云ふだけの権利がない筈である。然し事実として米国では盛に我が東洋の移民を排斥してゐる。けれどもこれは外の性質を含んだ問題で、たゞ単に移民を排する問題として解しては余り単純に失する。某教授が曽て此の問題に対して発表された意見の中に次ぎのやうな意味の言がある。「現今米国に於ける移民排斥の問題は、丁度近隣間の下水問題のやうなものである。若し無頓着に汚水を隣家の庭へ流したならば、如何なる者でもこれに対して抗議を申込むでせう」と。誠に面白く而も簡明に云はれたことゝ敬服する。大体自分が生きねばならぬと同様に他人も是非生きる必要がある。他人に不快を与へるやうな、他人の寿命を短めるやうな汚水に等しい移民をのみ送ることでは、米国を待たずとも排斥するものがあると思ふ。我々は飽くまで信ずる天命に従ふところの移民は、誰とてもこれを排する権能を有せぬと。そして一旦移つた上は風に入りて俗に随ふと云ふ態度を取つたならば、否更に進んでは奉仕的精神を以てその土地の開発進歩のために尽すやうであれば無理惨憺な領土拡張人為的同化を企てる要がなくなり、天意に基く自然的同化のみで人類は一家のメンバーとなり得るものと我々は確信して動かぬ。

六

右に述べたことで標題に対する我々の考究は粗略ながら先づ一通り済んだものとして、

台湾に於ても本問題は随分喧囂なものであるから、吾人は島民の一員として此の根本的の実際問題に就いて一言するの責任があると思ふ。殊に賢明なる新文官総督が正にその大英断を以て島内多年の積弊を一掃されやうとする此の際に当つて、我々は尚更その責任あるを感ずる。然し同化そのものについての議論は、前の如くで更に繰返さぬが、茲では単に過去の台湾に同化の運動ありやとの範囲に於て率直に感ずるまゝの一端を記すことに止めやう。

一体台湾統治の根本方針は同化を図るにあると云ふ。これは領台以来の政策であると承つてゐる。田総督もその通りに宣言されたが、総督は就任されて以来僅か半歳の間、尚不十分とは云ふものゝ業に共学令を布かれ、また近き将来に於ては、豫備的地方自治制度をも布かれる内定であると聞く。由つて我々は田総督がその宣言に対して、必ずや異常の経綸と抱負を以て施設の歩を進められると信ずるものである。けれども過去廿余年間の台湾には、同化の言辞を聞くことがあつても、これに対する実際の施設を見たことがない。若しあればそれは反撥的反作用を来すべきものである。乞ふ少し例証せしめる処あれ。

一、我々は開口第一に教育の方面から立証しやう。我が島民に対する教育の方針を窺へばたちまちそれは同化を促すものでなく同化を妨害するものであることが分る。ずつと以前に台湾統治の任に当つたために成功を博した或る閣下がその在任中に発表された方針は、世人周知の如く無方針である。即ち無方針を以て方針となすの方針であつた。斯る無類奇抜な方針については、世人既に明白な批判があるによつて、我々は更に茲で彼此云つても貴重な紙面を穢すばかりであるから遠慮をする。只言ふべきはその後に定められたところの実業教育の方針低級実業の教育方針それである。我々は僅か次ぎの二言を費すのみで如何に此の方針がその根本政策を裏切つてゐるかを証するに十分だと思ふ。

1、我々が全部実業を知るばかりでは母国民に似合ふことが出来ぬ。

2、低級な実業智識を有してもそれは下層の奴隷的奉公の外、何も役に立たぬ。

如何に考へてもこれでは目的とする処の同化は絶望である。又教育の実際施設について見れば、実に理想的に完全に内台人の学園を隔離して、出来得る限り内台人児童の交際を禁止しその感情の疎通を防いてゐた。安部磯雄教授が曽て台湾を視察されて、この不合理な制度を評して曰く、「同化は台湾統治の方針であると云ひながら斯くの如き教育制度を設けるのは、実に自家撞着の至りであると云はねばならぬ。単に言語の点から云つても台湾児童ばかりを集めてゐては台湾語の外に国語の上達を期することは夢にもないことである」と。これだけを以てしても教育上から見た我々の論断は十分に証據立てられたと考へる。

二、人材登用の方面から云へば、元来我々の修養訓練は内地人のそれとは違ふ。内地人と伍すべからざることは台湾人自身では百も承知してゐる。それだけでも台湾人は内地人に向つて頭が挙らぬ。況んや新附の民であると云ふ焼印が附いてゐる。一方に於て若し真に同化を旨として島民に対するならば、如何にしても島民の頭を挙がらせる処置を取つて然るべきであるのに、二十年近くの統治の歴史を作つてから、三百余萬の島民の中から幾人かを巡査教諭に任命し、そしてこれは品行方正のものに対する特別の恩典なりとて仰々しく述べたてる、梯で懸り上げやうとしてもそれでは島民の頭が上がる理がない。為めに内台人間に於ける相敬し相親むの念が増々疎くなつて両々の間が懸け離れざるを得ぬのである。こんなやり方に対して同化を促すのでなく反作用を来すものだと云つても不可はあるまい。然し去数ケ月前に島民の中から高等官七等に任ぜられたものも出来た。全く現当局の賢明から出た大々的の英断であると云ふべきである。

三、其他阿片漸禁政策の如き、雑婚不承認の如きは、凡て同化の妨害策であることは、更に我々の贅言を要さぬ。又日本流の漢文学習を強ひたり、内地で熾に改革論を称へられてゐる和服を奨励したり、街名を内地流に変へたり、門松を配つて立せたりする等の如きは識者共にその結果の如何なるものとなるべきかを熟知してゐる。本誌創刊号の上で、内地一流の名士方が特に此の点に関して多くの言を費されたのは、誠に意義深長の御高説である。

漢文の廃止論或は改革論は我々は多くこれを聞いた。廃止は賛成せぬでも、改革ならば我々も敢へて発起の一人となる勇がある。一体漢文の廃止を日本で云々することは(但し日本流の漢文を廃することなら日本の権限内である)甚だ僭越の次第である。一国の文化の精粋を表すべき符牒即ち文章は、その国の人によつてのみ創造し改廃せらるべきもので他国人の容喙を許さぬ性質のものである。和文が大和民族の発意によつて造られたり改められたりすると同様に、英文は英吉利人の意志で処理せられるものである。豈独り四千余年の歴史を有する漢民族の漢文がこの常軌から逸するの理があらうか。数億萬の漢人が此の世界に存在する以上、これらと接触し親交を結ぶ必要のあるものは、宜しく彼等の使用する漢文を修得すべしだ。対華（我々は中華人の気を損ふのを忍ばぬから対支と云はぬ）の関係を憂ふる国士には特に此の点につき一考を煩はしたいのである。誠に明哲なる人士の云ふ如く、台湾人をしてその既得の漢文を棄てしめて、無用な日本的漢文を学習せしめることは、向見ずの近眼者の外、敢てこれをなさんと試るものは何処にもない。これは全く対外的関係から立論した話であるが、若し一度島民の内心を探つて見んか、そこには実に手足を断たれた程の思ひがあり、前途の暗澹を憂ふの恐怖と苦痛が漲つてゐる。同化が若しこんな状態から実現し得るものならば、大宇宙は実に矛盾の塊りでなければならぬ。同化は決して征服の結果でない。征服されたとの意識を持つところには、同化の美果が結ばれぬ筈のものであることを、我々は如何なる代償を拂うても、大声疾呼して、無謀者流の猛省を促す決心である。止めよ、同じ不便なる服装を着けなければ同じ感情を持ち得ぬと思ふか。今日の内地上流の社会に在り国家の藩屏たる地位に在る多くの賢士淑女が凡て洋装であると知れ。幾百年来使ひ馴れた街名を何の理由があつて、これをまで日本化せねば止まぬか。斯の如きやり口では東方君子国の声誉を損ふことがあつても決してその国威を益々遠に致すことがない。

七

要するに我々は自然的同化を人事界と自然界に通じて広く行はれるものと認め、更に此の作用の在るによつて自然界の運行が圓滑となり、人事界に於ては大同主義が実行されて四海一家の理想が実現せられることを確信する。而して人為的同化では本国本位の同化政策に対して、我々はその非なるを指摘してこれを排し、人道主義の同化政策に対しては、我々はその実現の困難であることを論じて、これを避ける法を記した。最後に我々は過去の台湾当局がその採用した同化政策に対して全然無責任であつたことを例証して見たのである。乞ふ、国家社会のために一片の赤誠を有する士は、若し吾人の言説に誤謬の点があると認めば、宜しく叱正を賜はらんことを。

原發表於《台灣青年》第一卷第二號

吾人之同化觀（一九二〇、九、十五）

一

所謂同化之作用，極其廣汎。植物界之同化作用，及動物界之同化作用，雖小學兒童亦克知其事實。又為人之心的作用，將新起之精神作用，取入於本乎過去之經驗所得之心的結合體中之動作，亦為同化作用之一種。更隨乎各人、各社會、各民族之發達，得有與他人、他社會、他民族接觸之機會，而種種比較考究之後，悟其人己之長短得失，自進而捨棄一己之鄙習，倣效他人之良風，相互則天之公道而整其步調者，即人文上之同化也。尚有與前所述之自發的同化相反，全然以自己為中心、為標準，而使與自己異性質之他人，化為與自己同性質者之強制的同化運動在焉。吾人可將上記數種之同化分為二類，即為自然的同化，與人為的同化是也。此二者皆為地球上所有之事實，然其運行之狀態與結果究竟如何，而此同化之問題，在我台灣亦頗屬重大，故特將所聞，附以愚見并為述焉。

二

動植物界之同化作用，由廣義言之，即動植物將以為自己之營養料之物質，由外界攝取，使之變為自身體質之固有成分之機能之謂。對此定義之論證，過於廣汎，乃屬於博物學者之專門者，到底非吾人之所能及，茲單將關於植物之炭素同化作用，就植物學者所教之智識，略為記之。

植物由空中之二酸化炭素與水，合成為一定之有機化合物，即含水炭素質之化學變化，是為炭素同化作用也。此作用所必要之原動力，係由日光所供給，故無日光之暗處，不能有此炭素同化作用。而司此作用者則為葉，葉以顯微鏡視之，有無數之極微細之葉綠體，相結為層而構成之，其葉綠體中含有所謂葉綠素之色素焉。在空中之炭酸瓦斯，即二酸化炭素，先被吸入於葉綠體中，此時若遇日光，則葉綠體中所含有之葉綠素受其刺戟，而具有將二酸化炭素分為炭素與酸素之力，其所分解出來之酸素，向空中吐出，而其炭素，則與由根幹上昇之水化合，而生葡萄糖及澱粉等類之有機化合物質。澱粉更化為糖，與前之葡萄糖共溶於水，而由葉脈向枝、幹、根之各部流出，以為樹之滋養者也。

炭素同化作用如是行之，使植物得生長而開花結實，以繁殖其子孫。動物則由此植物供給食料，以維繫其生命。動物則以呼吸作用，造出炭酸瓦斯，植物之遺骸，由於燃燒作用，亦同樣制出炭酸瓦斯，散在空中。由是觀之，炭素同化作用，其關係之範圍實廣，其結果，使植物界與動物界，得以共存之偉大之自然作用。

此偉大巧妙之同化作用，決非無條件而能行之者，植物學者關於此等條件，反覆加以幾多之研究，乃得明舉之如左：

一、必須具有葉綠體。

二、為充分接受日光，須擴大葉綠體之表面。

三、須具備能將同化作用所產生之物質流至各部之通導組織。（即葉脈等是也）

四、須要日光。

五、須有炭酸瓦斯之存在。

以上列舉五項之中，前之三項係內部的要件，後之二項係外部的要件，此等要件若缺其一，同化即不能行，而植物與動物之連鎖斷矣。

三

心理上之同化，於人之精神生活上，有重大之使命也。吾人一生，時時刻刻得種種雜多之經驗，此等經驗，於吾人之精神上，生出種種雜多之感覺與印象，此等感覺與印象，在吾人之精神內，若係個個別別而無何等關連之斷片的存在者，則我等之精神是必非常散亂，而致勞多功少，幸而自然之事實，吾人之精神上，亦有同化作用，以統一吾人之精神生活者，俾吾人屢得經驗，而得造成文化無限之發達與進步。在心理學上所謂統覺、類化，即此同化作用之別稱，據心理學者所說，所謂統覺或類化者，是以新起之精神作用，組入於既往之經驗所得之心的結合體中之謂，易言之，即以前所知覺而今尚存在之舊精神作用，統一今所知覺之精神作用，而為一貫連之體系者也。而此作用之要件，較之新精神作用，其包含範圍及統一力，務要深廣而強大。試舉一例言之，學生由教師授以新事實，而理會之之時，即由於統覺作用，對兒童教以積載龐大重荷之列車，係由蒸氣之力而動者，若不使之明瞭水之氣化時體積變化之理，兒童終必不能了解，須先將水之氣化狀態，由種種之實驗使學生十分明白，然後使之以此既得之舊精神作用（即舊知識），理會今授之列車行走之理，是內乎機關車中之蒸氣壓力，即水之氣化狀態所應用之一特殊現象也。

四

夫真善美三者，實宇宙間一切萬象所歸趨之處，乃人類營生之根本的要求之最高理想也。吾人只要不欺自己，即未有不向真善美存在之處猛進者，是誠人文的同化之根本真髓也。吾人茲就社會之事例，以觀此人文的同化之體裁。

因自然之地理的區劃，在地球上各地方，營其鎖國生活之各民族，於長年月之間，造成多種多樣之風俗習慣、思想、信仰。竊思此等風俗習慣，必因有某種事由而存在者，然有真偽、善惡、美醜之別存乎其間，則屬不能否認之事實也。

由風習上言之，如纏足、吸煙、辮髮、挽髻、生食、坐疊、束腰，決鬥、飲酒等類，皆為絕對之陋習，苟非無智頑迷，夫誰不排斥之耶。以衛生簡便為根據之散髮，既為全文明人男子所採用，而辮髮挽髻，俱不留其影矣。恐對於美之形式觀念，只需再稍一變，即連婦女之頭髮，亦將與男子有近似無疑。生來自然之足，既真而善且美，則凡世界女人之足，必歸於同一，當亦決不在遠也。

然就思想上觀之，吾人更覺其同化之著且明焉。久年橫行闊步之專制獨裁之舊式思想，已到處消失痕跡，今則尊重人格，自由平等之聲已遍傳於世間矣。由此結果，其於政治，則各國皆一律化為代議制，而漸舉其真正之國利民福，最近且有國際聯盟之創設，舉世人心，皆以維持永久之平和為職志，共存互立之精神，正在統一乎現代人之心思也。其於兩性，則覺男尊女卑之非之婦女，在作種種覺醒的運動，由甲地漫延至於乙地而不息。其於階級，則奴隸制度，久已解除，目下則在有產無產之間盛行鬥爭之中也。

即信仰一事，亦不得不視為逐漸歸於同化者，原來信仰，乃存於人心奧底對不見者之渴仰，是為最主觀，而要求絕對自由者也。因之，在以一村一邑視為天下全體之人文未開時代，此主觀之渴仰，益愈發揮其自由性，遂因其無智，而任意寄託其渴仰於自己所認之外物，是亦自然之順序，譬如禮拜死體、禮拜祖先、禮拜自然、禮拜動植物、禮拜偶像等類，仰向千差萬別之對象，注入其欲抑而不可抑，欲止而不能止之渴仰，以千變萬化之形式舉行禮拜，俾其心得以平靜滿足。然因時勢易而人智開，各人各民族間之交通接觸，愈見頻繁，以是彼此相互之內心，得有啟發切磋之機會，而與前述棄其陋習妄想同然，漸漸破其迷信，而信仰之對象，禮拜之形式，漸歸於同一方向焉。由多神教而入於汎神教，更由汎神教而入於一神教，各民族之信仰，愈化而為同一，圜球上所有文明人之信仰，同歸於一神教，非將來之趨勢耶。

以上不過單舉全世界之人類，如何將其文化生活之內容與形式，漸漸化為同一之一端耳。故吾以為吾人即不再更事穿鑿，而徵諸此等之事實，已可充分信其世界人類之文化生活，實際漸趨於同化，而其同化之標準，非為誰之私有者，實為創造完成此大宇宙之真善美是也。而促進其同化之力，則在於各人各民族之心底所存之對真善美之自發的要求，熱烈之自由之意志是也。隨此同化之度之高，人類相互之關係，愈加密接，思想感情習慣制度之一切，愈見融和，所謂四海兄弟之理想，必至實現，余固深信而不疑也。

五

吾人已於前數節，例證自然的同化，並略述其狀態與結果之大概矣。茲更就人為的同化，聊為言之。原來所謂國家者，縱非欲張其威勢，而號令他國以自雄，當其領地狹小，不足以容其人民之時，勢不能不著眼於其他之國土，而藉何等之手段俾其為己所領有，以移殖其過剩之人民，當此之時，其國民之中，加添新領土之住民，遂成為包有異種人民之國家矣。於是乎國家為謀統一，令其新附人民適合其國是，用力訓練之，使其得與本國國民具有同樣之性能，此乃同化政策之統治方針被採用之最善良之起源，即人為的同化之所由來者也。

如此企畫，其能與自然的同化同等遂行與否，嘗竊思之，覺其難為，第一之難點，則在意志之上，原來此種企畫，非出於雙方之甘心意向，全係一方為得其便宜而定之者，若不適合受其企畫之一方之意志時，雖強制實行，必甚難也。第二之難點，難在個性之上，俗云境易則事殊，既係生長於異地者，則各具有相異之習性，乃自然之理，而其習性，有如頭髮與鼻然者，如頭髮然者，則可因其手工，或長或短，或變其分法，而為時髦，或為質素，皆可隨意為之。至於如鼻然者，究無從著手，長者既不得截之為短，低者不得伸之使高。第三之難點，則在理性之上，人既號為理性之動物，則從其理性而動，恰如水之向下而流者。若謂其為本派者，無論如何皆善，其為支派者，無論如何皆惡，在理性上，為人所不能承認，縱令使之棄真理而就無理，理性之動物絕不動也，苟有從之者，若非有何所求之虛偽阿諛者，則必係普通之動物也。以如上所舉種種之理由察之，人為的同化，應屬終不能行，是以曾有作此企畫者，亦自覺悟其不可，而放棄者實已不乏云。雖然，徒恃絕對之武力，而以極權壓制嘲弄，強行此等企畫者，亦非無之，其被強制者之苦痛，誠屬可憐，而敢蠻行此橫暴者之心理，更屬可憐也。

然則人為的同化之企畫，即同化政策，絕對的不能行之耶。吾人以為亦非絕對不能行者，若附以如下之條件，則似有其可能也歟。第一之條件，其新領土狹小，且與其舊母國相隔離是也。如是則其新附民之數目少，而於經濟的、文化的，皆在不能雄飛之運命者也。其新附之民，始雖有如何沖天之氣，再加以如下所述之條件，遂使彼等不能不貼服焉。譬如東洋流之舊式嫁女然，其夫原非新婦之自由選擇者，事事既依父母之意而決行之，即號天亦無可奈何，只有任其運命，而於不識不知之間，生育子女者也。

第二之條件，則在乎出於尊重個性，保障其善良之文化之舉焉。由前之譬喻觀之，亦自明矣。夫家之家規，為婦者，固當遵從，然無關於一家之興衰，及彼所不能為之事，亦予干涉而強制之者，即如何柔順之子婦，亦必發生意外結果，實明若觀火。反是，若翁姑以及家中之人，對於新婦加以溫厚之同情，極力察其所不便，而為之寬解，則新婦必有所感，因之以前陰鬱之顏，纖弱之姿，一變而為春風滿面，抑揚自在之福相艷姿亦未可知焉。

第三之條件，則在乎取異身同體之精神與態度。夫此精神與態度之所在，無主從輕重之觀念，是則一切之情意，皆可和而為一，喜樂憂戚必相與共者也。竊思近代文明之特色，實在乎相互扶助之平等觀念之發達，是為吾等由近代科學之結晶，而得窺知之宇宙之大原則也。以往之歷史，是皆背乎此不可侵之原則，所演出悲劇之遺跡耳，其弊害誠令人至今猶覺不寒而慄者。若能出於察乎人性之機微，窺乎天命之所在，以誠意撤去人權上之差別，適材用之適所，俾得個個發揮其能力，則不但可以緩和所謂人係理性之動物之難點而已，反能利用其理性，贏得較之自然的同化猶速之好結果也，可無疑焉。

第四之條件，則在不取此政策為政策。質言之，即對於新附民，不言同化之事也。既曰同化，是已暗示其必有差別者，而新附民，因之反而興起舊時之觀念發生異樣之感。不觀乳母之嬰孩，不連呼快睡罷快睡罷，惟賡續輕輕擺動，且吟和緩之勸眠歌，則嬰孩自安然熟睡矣。故企畫之同化者，宜全忘同化之意念也。

雖同係人為的同化主義，吾人如前所述，指摘有絕對的不可能者，亦有相對的可能者矣。

再言之，絕對以自我為標準之人為的同化運動，即極端之本國中心之同化政策，吾人論斷其係徒勞之愚舉。而於地理上為女性的之處，若用根據乎自然的同化之理法，即人道主義之同化政策，則吾等亦承認其為有效。吾人茲欲附加一言焉，即同化政策者，如前所述，非於特別之處，而以極嚴正之存心行之，則難以奏其效，故為平和計，其望無取乎此種手段。倘欲捨此手段，則不可抱有侵略的擴張領土之野心，是最切要，兇暴之德國，欲號令乎世界，反致呻吟於全人類監視之下，其馬蹄一氣蹂躪了中原之滿清，目下遇其凄涼之末路，而繫其餘命，是誠可為龜鑑。

然則若有苦於人口過多之國家，應當如何講其緩和之道耶。吾人以為解決之法，以實行平和的移民為宜，而無動輒求之於砲煙鎗火之間之必要也。竊思吾等人類，皆係由天賦與生命，而不能不生存者，故自不能生存之區，移於可以生存之域者，無論何人，應無可不予承認之權利。詎於事實上，竟有美國盛行排斥我東洋人之移民，雖然，是蓋含夫特殊性質之問題，若只作為排斥移民之問題解之，則過於單純，某教授曾對此問題，發表其意見之中，有如左之意味之言焉。即「現今美國之排斥移民之問題，恰如近鄰間之下水問題者，若不顧前後，使污水流入鄰家之庭內，則無論何人，皆必提出抗議也」云云，是誠簡明中肯之譬喻，足堪敬服。蓋於自己既有必須生存之要，而於他人豈有可免生存之理哉。若只遣送等於使他人不快而短他人壽命之污水之移民，則排斥之者，豈特美國為然。吾人固深信出乎天命之移民，即誰亦無排斥之之權能，況已移之民，若能取入風隨俗之態度，或更進而以奉仕報效之精神，盡力於其地方之開發與進步，即無無理慘澹領土野心與行人為的同化之必要，只本乎天意之自然而同化，人類自有天下一家之慶，是乃吾人所確信而不移者也。

六

吾等對於標題之考究，雖係粗略，茲暫作為了事矣。在我台灣，此問題亦甚為人所注目，吾人既為島民之一，則關於此根本的問題，亦有當盡一言之責任。況在賢明之新總督，正欲以大英斷，一掃島內多年之積弊時，吾人是以愈覺有其責任焉。然對於同化之考究，已如前所述，不再為反覆，茲單就「在以往之台灣有同化運動耶」之範圍，率直記其所感之一端而已耳。

原來台灣統治之根本方針，在乎圖謀同化，是為領台以來之政策也，即田總督亦有如是之宣言，自其就任以來，僅半年之間，雖日尚不十分，然已發佈共學令，又聞已定不久即將發佈預備的地方自治制，因之吾人對於田總督之宣言，深信其必以異常之經綸及抱負，推進其施設之步驟也。雖然在既往二十餘年間之台灣，只有同化之言辭可聞，而未有實際之施設可見，即或有之，是亦徒使滋生反撥之作用者也，茲請少為舉例證之。

一、先由教育方面證之。試一窺其對我島民之教育方針，即可知其非為促進同化，乃防害同化者也。早前以當台灣統治之任而博成之名之某閣下，其在任中所發表之方針，乃世人所周知之無方針也，即以無方針為方針之方針也。關於此奇拔無類之方針，世人已有明白之批判，吾人不欲再言，以污我貴重之紙面。所欲言者，則為其後所定之實業教育之方針，低級實業教育之方針是也。吾人只需以下記之語，即知此方針之如何破壞其根本政策。

1.吾等全部只知實業，豈能與母國國民相似乎。

2.只有低級之實業知識，除為下層之奴隸奉公之外，並不足以作何等之用。

無論如何詭辯，如此則其作為目的之同化，實絕望矣。更就教育之實際施設觀之，完全使內台人之學園隔離，極力禁止內台人兒童之交際，防害其感情之疏通。阿部磯雄教授曾至台灣視察，評論此不合理之制度曰：「同化曾號為台灣統治之方針，而設如此之教育制度者，實不可不謂自己矛盾之至者也。即只就言語之點言之，專集台灣兒童於一處，而欲賴台灣語之外，期其國語之進步，雖夢想亦所不及。」云云，僅此數言，可證吾人由教育上所作之論斷，當亦可謂不甚差謬矣。

二、由人材登用之方面而言之。原來吾人之修養訓練與內地人不同，故不能與內地人為伍，台灣人自身固亦十分清楚，即此一端，我台灣人已向內地人抬不起頭矣，況常有被稱為新附民之烙印在身耶。故當局若真以同化為旨，對我島民，則無論如何，應採取俾島民得以舉頭見人之處置，乃有二十年之統治歷史，由三百萬島民之中，舉用為巡查教諭者，只有幾人而已，而猶詡詡然謂係對於品行方正者之特別恩典。是即三歲孩童，亦知島民之頭斷無法抬得起，因之內台人間相敬相親之念益疏，兩兩之間，不能不自相懸隔。如此作法，即謂之非所以促進同化，且致相反作用亦無不可。在數月以前，竟由島民之中有被任為高等官七等者，是誠可謂出自現當局大英斷之所賜者也。

三、其他如漸禁鴉片政策，雜婚不承認等類，皆係有害同化之進展，更不待吾人贅言。又如強令學習日本流之漢文，或獎勵穿用在內地盛倡改革論之和服，或將街名改為內地流，或在新春分布門松令島民堅立等，其結果當至如何，識者皆已熟知之矣。本誌創刊號上，內地一流之名士諸公，關於此點特不憚煩已詳言之，可謂意義深長之高說也。

漢文之廢止論或改革論，余等已多聞之矣。廢止雖未必贊成，若係改革，則吾等亦有為發起者之一人之勇焉。由日本來說廢止漢文（但廢日本流之漢文，自在日本之權限內），不甚僭越也耶。夫可表一國文化之精粹者，即文章也，是乃只可由其國人創造之或改廢之，不許他人之容喙者也。和文之或造或改，一由於大和民族之發意，英文亦與此同，乃由英吉利人之意志以處理之者，豈獨有數千年之歷史之漢文，有逸此常軌之理耶。既有數億萬之漢人在此世界，倘有與之接觸以結親交之必要，應當修得彼等所使用之漢文。憂慮對華（吾等不忍損害中華人之感情，故不稱曰對支）關係之國士，請將關於此點，一為熟考焉。誠如明哲人士之言，令台灣人棄其既得之漢文，而學習無用之日本的漢文，除前面所述近視眼者之外，誰敢為此哉。此固全由對外的關係而立論者，然若向內一探島民之心，則實有若斷其手足之感，同化如可由此等狀態而得以實現者，則大宇宙實不能不謂為矛盾所充塞。同化者，絕非征服之結果，倘抱有被征服之意識存在，則萬無可結同化美果之理，縱需如何之代價，亦當大聲疾呼，以喚醒無謀者流能解此點，是吾人之決心也。若以為不同著不便之和服，即不能有同樣之感情，則請視今日內地之上流社會中，為國家藩屏之多數賢士淑女，不已皆用洋裝耶。幾百年來用慣之街名，有何理由，竟連此亦非日本化不可耶。如此處置，只恐有損於東方君子國之聲譽，絕不能將其國威遠致萬方也。

七

要之，吾人認為自然的同化，乃通乎人事界與自然界而廣行之者，更確信依此作用之存在，自然之運行，乃得圓滑，其在人事界，則為實行大同主義，而四海一家之理想乃得以實現者也。人為的同化，對於以本國為本位之同化政策，吾等則指摘其非理而排斥之，對於人道主義之同化政策，吾等則論其實現之困難，而指明其避之之法。最後吾等對於既往之台灣當局所採用之同化政策，例證其為全然無責任之作為焉。惟願為國家社會具有一片赤誠之士，若以為吾人之言，有誤謬之點，賜以叱正是幸。

原發表於《台灣青年》第一卷第三號

青年の奮起すべき秋（一九二〇、九、十五）

青年同胞諸君！時勢が進展しつゝある。憂ふべき方向に進展してゐる。吾人は草莽なる者と雖も到底晏如として坐視すべき秋でない。

観よ、国内では世界大戦の余波を受けて、経済界の混乱は殆んどその底止する処を知らず。延いては失業するもの日を追うて激増し、一方には物価が依然として未だ低落せず、多数国民の生活は目下実に困難の状態にある。その為めか人心愈々不安を感じて、官民共に諸種の計画の為めに忙殺されてゐる。それに朝鮮では騒動が頻に起り、単に生活問題だけでも困却の至りであるのに、斯くも内部の不一致を来しては誠に遺憾に堪へぬ次第である。

更に国外との関係は如何と云ふに、中華とは唇歯も啻ならざる間柄であるにも拘らず、事々に扞格を生じ、国貨を排斥すること今に止まず、山東問題は尚ほ五里霧中で鬼事をやつてゐるやうではないか。数年前まで日本に萬以上も居つた民国学生は、減りに減つて、今日ではやつと二千を数へる位になつた。況や移民排斥の熱が今正に米国で白熱化しやうとしてゐるに於いておやである。吾人は帝国軍隊の光輝ある歴史に信頼して、一旦緩急の時に至れば勿論勝を制するに定つてゐると思ふが、若し此他に解決の法があらば益多福多幸であるに相違ない。

於是乎、台湾青年たるもの宜しく起つべく、吾人の立つと立たざるとは、国内的調和の基の確立と動揺に関すること誠に至大である。何故なれば、吾人が奮起するに依つて、吾人の赤き真心を堂々として披瀝し、その誠の力によつてこそ従来の虚偽満々たる暗黑世界に光明を与へ得て、凡てのものをその有りの儘に顕現せしめ、一切の狐疑邪推を掃尽し得るからである。明々白々に肝胆を互に照り合すにあらざれば調和一致を期することは夢にも望み得ない。これは独り国内に通ずるのみでなく、国際関係に於ても然りであると信ず。諸君よ立て!!吾人が立たざれば国家の前途を如何にせん。義を見て為さざるは勇なきなり。威勢に媚び、物慾に迷うて、大義を顧みざるが如き酔夢根性は、我々青年の気魄に毛頭もあるべきでない。清き天性に生きる事は飽くまでも青年である。

諸君、若し純潔の心情に出で、着実の手段による、正々堂々たる吾人の行動に対して、不幸にも一点の疑念を一般より受けることあらば、それ即ち我が熱誠の未だ十分に現はれざる証据であつて、吾人は逡巡するの要なく、更に赤誠の熱度を高むるに努むべきである。然し茲に吾人は確信する、先に賢明なる長官を迎ひ、今やまた絶た大なる経綸を有するの総督を迎ひ得た台湾に於ては、わざと疑念の眼を以て吾人を視るもの丶存在する理なきを。諸君!!吾人は更に他を顧みる必要なく、視線を専ら大局に注ぎ、敢然として立つべき秋である。立つて而して、大いに学び、大に言ひ、大に活動して、以て吾々青年たるものゝ本分を尽さねばならねと自覚すべきである。

原發表於《台灣青年》第一巻第三號

強弱闘争より自由和平へ（一九二〇、十、十五）

強い者は必ずしも恒に強いものでなく、又弱い者も決して永久に弱いものたるべきではない。強い者は兎角其強きを恃み其勢を逞うすべきが故に弱者となるの素因を為し、弱者は日常不運なる境遇に激憤し其の努力を怠らざるべきが故に、強者となるの酵母を成す。夫の六国の覇権を握れる強秦の滅亡、一時世界統一の夢想を抱ける羅馬の末路、曽て東洋貿易の優越権を握れる和蘭の衰退、一時広大なる領土を占據した西班牙の失敗等の如き古い歴史上の事は云はずもがな、彼の近世欧洲の大強国として、軍国主義の本尊たりし独逸の敗戦の如き何れも強者の常に強者たらざることを証するものではないか。又露普墺三国の為に分割せられた波蘭、墺太利の為に征服せられたチエツク、スロヴアツクの如きは、今や既に独立国を建設し、露国の帝政倒れて労農政府樹立し、満清の朝廷亡びて漢族の勢力復興したるが如き、何れも千辛萬苦を嘗めたる弱者の強者と成れる好適例である。国際間に於て然り、民族間に於て然り、社会及個人間に於ても亦然らざるを得ようか。

茲に於て世に所謂強者と自慢するもの、宜く弱いものを教化善導し、以て大道正義の美果を収むべく又弱者と自棄するものも須く強いものゝ誠意に感激奮勉し、以て境遇改造の幸福を求むべきである。斯くてこそ始めて真に優劣強弱を超越して本当の正義人道自由平和なる理想的世界を実現し得べきことゝ信ずるも、不幸にして利己排他主義を多く表現せる人間社会の歴史に於ては、強者の弱者に反撃せられた時辛うじて悔悟し、弱者の強者となる時最早昔日の苦境を忘却する比々皆然りである。故に世運一盛一衰、文物一揚一抑、歴史の循環する東西同じく古今亦異る所無し。従て国際間に於て強弱戦争時々起り民族間に於て優勝劣敗常に行はれ、社会内部に於て階級闘争日に烈しく、個人相互間に於て生存競争その底止する所を知らず。噫、世の所謂強者たるもの、何ぞ三思しない?!弱者たるもの何ぞ猛省しない?!

原發表於《台灣青年》第一巻第四號

我島と我等（一九二〇、十、十五）

英国近代の名士アベブレ卿は「世の中は鏡のやうなものである、若し此方で微笑すれば先方でも微笑する、若し此方で顔を顰めれば先方でも顔を顰め返す。又若し赤い眼鏡で此の世を見れば、凡てのものが赤く薔薇色に見え、青い眼鏡で見れば、凡てが青く、薄黒い眼鏡で見れば、凡てがぼんやりと薄黒く見える。」と云つたのを或書で読んだことがあつた。これは一面の真理を云ひあらはした話であると思ふが、我々は兎角主観的に事物を見定める傾向を有するもので即ち自分の所持の眼鏡を透して此の世を見たがるものである。その結果に錯誤の生じ易いことは明かであるけれども、誠に止むを得ぬ次第であつて、唯願はしいことはその眼鏡が多くの人の眼鏡と全く同一でなくても、近似のものであつて欲しいのである。予は茲に「我島と我等」を標題として聊か述べようと考へるのは、即ち我が台湾島と我等台湾人は如何なる関係にあるか、更に言ひ換へれば、我が台湾なる島は如何なる処で、そしてそこに生れた我等台湾人は、如何なる暗示を我島から与へられ、それに従つて如何なる生活を送るべきものであるかを云はうと思ふである。斯ることは我等に取つて最も直接の問題であり、何よりも先にはつきりと考へ置くべきことであると存ずる。予はこれを三つの方面から考察して見やうと思ふ。

始めに我島の自然界に関する方面から観察すると、凡てが激烈で濃厚である。北回帰線が我島を殆ど中央で横断してゐる程に我島は熱帯地である。その天候の変化は著しく、青天に白日が炎々として萬物を蒸熱してゐるかと見れば、千態萬状の白雲が直に叢々と起つて、見る見る中に満空に墨を流した如く黒雲が飛び、電光頻に人目を刺して雷鳴がごろごろと耳を裂く、続いてさつと冷風が熱土を巻き挙げると、雨が盆を傾くやうに降り来るのである。ところが間もなく雨が収まり雲が散つて、緑葉から涼味を発して、虹の橋麗しく一方に架つて一段と景趣を添へる。これは実に我島の一特色とも云ふべき夏期に於ける夕立の有様で、若しそれ暴風が襲来すると、千年の大樹も根拗られて、萬緑尽く焼灼されたやうに焦げて終ふ程懼しい自然の威力を示す。然し一方に於て洗滌されたやうな蒼穹に皎々たる明月が高く懸つて、さらさらと流れ逝く情流にその光を差し込むやうな涼いし優しい月夜もないではない。

また我島内に於ける地形の変化は誠に多く、而してその景色の雄大にして壮麗なること実に人目を引くに足る。或は岩を咬む白浪の寄せ来る海辺、蝶の戯むれる百花爛漫の原野、或は鳥が鳴き蒼緑の滴る溪谷、至る処に散在して、若し碧空に高く聳へる中央山脈の壮厳なる偉観に至つては、他に多くその類があるまいと聊か誇り心地がする。

翻つて我島から産出する物資を調べて見れば、農産としては米は一年に二度の収穫あり、その耕作の面積は五十萬甲の広きに亘り、一年の収量は四百八十萬石に上つてゐる。砂糖と茶は何れも世界の市場を賑してゐて、前者の作付面積は十五萬甲、収量は六十五億斤、後者は四萬七千甲に三千萬斤近くの収量を有する。その他甘藷、豆類、麥類、胡麻、黄蔴、苧蔴、煙草藍等実に枚挙するに遑がない程多種である。しかも土地が肥沃であるから、何れも僅かの労力でずんずんと生育する。園芸では、芭蕉は籬の辺でも山の上でも人跡の及ぶ限り生ひ立たぬ所はなく、その産額は二百萬圓に達してゐる。鳳梨は山地に植えて只その実を採つて廻ればよいのだし、蜜柑に文旦に龍眼に、芒果、李仔、蓮霧、木瓜、柿、桃等全島が果物園でないかと思はしめられる程実にその種類が多く、その風味も甚だ良い。蔬菜は四五十種位は必ずあると思ふ。家畜に水牛、黄牛、山羊、鶏、鵞、鵞鳥等あつて島内の労力と食品を供給するに十二分である。山の方は何うかと云ふに、樟脳は世界の樟脳工業の死活を支配して約七百萬圓の売額がある。また製紙に細工に建築に造筏にその材料を与へる竹林が、至る処に繁茂して、その筍の産出量はまた莫大なものである。進んで森林からは、阿里山の檜だけでも既に天下の耳目を聳動するに足り、況や此の森林の面積が全島の殆ど七割を占めてゐると云ふことから想像しても、今後その開發されるにつれて内外に如何程の良材を出し得るかは豫測するに難くない。鉱業は殆ど未だ着手されてない程であつても、既に七百五十萬圓位の産額があり、その採掘されてゐる主要なものは、石炭類、金、銅、銀、水銀、鉄、石油、燐、硫黄等であるが、これによつて見ても我島の鉱業の前途如何に多望であるかを推知することが出来やう。尚ほ四面大海を以て囲まれてゐる我島のことなれば、海に関する産物はまた実際豊富である。第一気候との関係上、製塩業は実に無限の発達を遂げ得る素質を具備してゐるし、水産も大に漁獲の方法を改良すれば、我島は蓋し世界有数の漁場となるだらう。目今の如き極めて原始的の方法でしても尚ほ年々五百萬圓程が捕獲物が得られるさうである。

斯くの如く我島の自然界は、その気象に於てまたその景色に於てその物産に於て、何れも雄大で且つ豊富である。これ程天恵の豊な地方は世界中でもさう多くはなからう。誠に我島は地球上に於ける有数の宝庫であつて、我等はその守護のものとして生れたのである。我等はこの無尽の宝物を身辺に置かれ、この偉大なる山河景色を目前に示されてゐる。豈何等かの意味がその間に往来してゐないでせうか。此等の事物が我等に何かを暗示し要求してゐるのではなからうか。予は大にあると感ずるのである。

惟ふに此等の自然的変化と実在は、その常に我等に与へるところの強烈の刺戟によつて、絶えず我等の発奮と活動を要求し、我等が発奮し活動するによつて、幸福たるべきを暗示してゐる。即ちそれらは、常に我等を覚醒し、我等の神経を鋭敏にし、我等の智的活動の旺盛ならんことを要求し、我等のそれに対する研究と楽みを促し与へんとしてゐるのである。然るにも拘らず、我等の態度は如何！考へれば実に残念至極である。我等は過去に於て恰も無神経で無思慮であつたかの如く、進取の精神が乏しく、計画創造の気風が沈んでゐたゝめに、遂に今日の如き境遇に陥らねばならぬやうになつた。我等は今正に猛省大悟すべき秋に在ると予は痛切に感ずるのである。

抑我等が過去に於て何故に此等の自然的実在に対して斯も無関心であつたか。次に述べようとする二点が、その根本原因であらう。第一は我が祖国たる中原の山河が余りに広汎であり、その住民が余りに眾多であつたことにあると思ふ。土地が広ければ行動に自由を与へることゝなり、住民が多ければ人心の統一を失し易い理である。殊に古に於ては人間の行動する範囲は殆ど平原に限られ、中原の山河が広汎であることは、その統一し難い眾多の人心をして益々その傾向を深からしめる動機となつた。是が為めに政治の中心が常に動揺を来して、弱肉強食の現象愈顕著となり、天下は遂に寧日なき混乱の状態となつて、従つて人心に倦怠を生ぜしめ、安逸を慕ふの念を起さしめた。所謂「明哲保身」なる退嬰的思想は終に億兆の心を支配して、進んで社会公眾の秩序と福利を謀るよりも退いて一家一身の無事と享楽を図る方が有効であると信ずるやうに人心を墮落の淵に導いた。即ち消極的の現実主義が人心を占領して、永遠に対する追慕の志を蹂躪し、献身犧牲の精神を俘虜にして家庭なる牢屋の中に禁鎖して終つたのである。第二は天竺から伝来した宗教思想である。佛教の思想によつて前述の退嬰思想が益々その色彩を強烈ならしめられた。即ち佛教の三世因果説によつて殺生を戒められ、転生輪廻の教に於て無常無我を説いて一切萬象を虚無なりと教へられることによつて、争乱の為めに社会より家庭へ閉鎖されたものが、更に森羅萬象の大自然界から個人々々の狭小なる密室へ手も足も動かされずに籠城をさせられたのである。かくして自然と我々の間に高い々々障壁を造られて、自然界からの私語には一切我々は耳を傾け得ないやうになつたのだと思ふ。

佛教が東洋の宗教であり、そして東洋に於ける諸民族の文明の中に自然界に関する文明の要素を含まぬと云ふことから点検しても、茲に述べたことは左程誤謬でないと信ずる。

斯様に我等は長い間の因襲で一般に自然に対する興味と考慮を缺いたのであるが、西洋文明の伝来と周囲の事情の激変に刺戟せられた結果、我等も愈々過去の過失を悟り学問に志す願望も愈々真摯となつて来た。若し事情の許すことであつたらば、我等の空虚な脳袋は今少し早くから充実し、我島開発の程度も一層進展する筈であるのに、遺憾ながらさういう好遇に逢ふことが出来なかつた。併しこれは一面に於て反つて喜ぶべきことであつたとも思ふ。と云ふのは凡て順境に在るものは兎角小成に終るの弊があるから、今に此の鬱勃たる向学心が暫時圧迫を受けることは、丁度飛行機が高く飛揚するために、先づ数多の人力によつてこれを牽制し、そのために牽引力を十分に貯へられると同様に、物理学上の動かすべからざる原理として「動は反動に等し」との理法に従つて、我等の熱度を益々高められる所以である。懼れるのは我等に志のないことであつて圧迫のあることではない。現在の苦痛は即ち将来の幸福の基である。我が留学生が年一年にその数を増加し、今春来の分だけでも百名以上の増加を示した、目下の我が留学生の総数は優に六百を越して、その四分の三位のものは中学小学の在学者である。此の事実は果して何を説明するか、如何なる親でもその幼い子を知らざる他郷の風霜には決して晒したくはないものである、これ正に圧迫に対する興奮の増進した証據ではないか。我等は単に何時までも自覚の種子を我等の心田に植付けることをさへ怠らざれば、春水の滲み来る時に於てそれ自ら萌芽するのは必然のことであって悲観は無用である。

要するに我島に於ける天恵の豊富な点から観て、我等は当然それに関する智的向上を計るべく、我島を一大工商業地として発達せしむべきは、我等の当面の天職であると考へるのである。

次ぎに予は地理的方面から我島と我等の関係を少しばかり述べて見やうと思ふが、我島は北緯二十一度四十五分から二十五度三十八分に至り、東経百十九度十八分から百二十二度六分に至る面積二千三百三十二方里の木葉の形をなした太平洋中に在る孤島である。東は渺茫たる太平洋を隔てゝ米大陸に面し、西は澎湖群島を間にして祖国の中国と相接近し、南は比律賓群島を控へて、北は琉球列島を経て母国に向つてゐる。海岸の延長は約四百里、大なる湾入に乏しけれど基隆打狗の二港は巨船を碇泊せしめるに足る。中央には一萬余尺の高山を幾座も連ねて分水嶺となし、河川至る処に流れて灌漑を便じ、肥沃な平野は決して狭くはない。

此の天賦の地理的関係から観た我島の使命は如何、簡単に云へば、即ち乱世の戦場で治世の楽園であると見るのである。そして政治的の根拠地活舞臺としては全然その資格を持たない。実に過去の我島は立派な戦場であつた、西班牙が退いて和蘭が代り、鄭氏が據つて席未だ温まざる時に満清の政令は早や布かれた、帝国の領有に歸するまで幾度争奪戦が重ねられたか知れない。不幸にして帝国が他国と砲火を交へる場合があつたらば、我島は更に皇軍飛躍の根據地とれり、そしてまた時としては我等の家屋の一間々々が敵弾の標的となることもないとは限ぎらぬ。即ち我島は帝国南方の鎖鑰で、軍事上の重要地点である。我島の政治が多年の間武人によつて掌握されたのは、この点が余り重く認められ過ぎた結果の禍ではないかと疑ふ。此の意味から考へて、我等は決して悠々閑々に、何時まで無能力者として立つて行く理にはいかぬ。台湾は帝国の台湾であると同時に、我等台湾人の台湾である。風雨の前に牖戸を綢繆すべしである。我等は稀には矢張り銃劍を弄つて見るがよい。勿論今はそんな自由はないけれども、然しその心掛は飽まで必要である。真劍でやれなければ木刀でも差支はない、弄るに役立つことは同様である。我等は今の中より我等の自由の範囲内に於て将来の真なる生活を果す準備に、我等の智力は既述の如く敏くなくてはならぬと共に、我等の体力はこれを充実に鍊へて置く必要がある。これは決して軍国主義の末流を引いた料簡でなく、我等の本分を全するための覚悟であるのである。

併し戦争は全く一時的の変態で決して何時も起るものではない。また実際漸々人類が戦争を起し得ないやうに世界が進歩しつゝあることを認める。我島は上述の如く戦場に化するよりも世界の楽園となるべき傾向が大であると信ずる。我島は実は東洋に於ける海運の要衝であるのみならず、その天産の豊富なことによつて科学はその進歩を促されて工業が発達すべく、従つて通商貿易地として我島は将来世界人類の耳にその盛名を轟すは確実のことゝ思ふ。また、我島はその地形に変化が多く、その景色は壮麗である上に、位置の熱溫両帯に跨つてゐることゝ、高山の多いことに依つて、その気候は熱温寒三帯のを兼ねて、春夏秋冬の四季は同時に現れてゐる。故に交通機関さへ完全に備はれば、（勿論山内の人達と握手してからのこと）これ以上暮しに自由な処はまたとあるまい。瑞西が西欧の公園であると同様に、我島は東亜の楽土として十分に其の資格を持つてゐる。此島の守主たる我等は此点に強く着目して宜しいことである。起てよ島主達!!爾等の努力によつては、多くの人類同胞の足を此島に向けて、共に楽を享け得ることは必ずしも夢想ではなからう。

終りに予は人事方面から考究して此稿を脱したい。我島の住民は人種学上からくだくだしく云はなくても、簡単に内地人と山内人（生蕃とは他人の云ふこと）と我等本島人との三族から成つてゐると云へる。もともとは同じ種族であらうが、今はさう区をつけねばならぬやうになつた、従つてその相互間の関係も仲々面倒な状態にある。広い世界に人種問題が有ると同じく、狭いこの小天地にも人種問題が喧しい。米国では外国人たる日本人に対して人種的偏見に基いた差別待遇をすると云ふことで、此頃は日本内地の人心が激昂して、上下を問はず世界の輿論を喚起すべく、毎日有ゆる新聞雑誌の上で悲憤慷慨の言論を羅列してゐる。予は真に我が三百五十萬の同胞と共に六千萬の内地人同胞に加勢して、盛んに鼓を鳴して米国の非を攻め一日も早く人類間に於ける人種差別待遇を撤廃したいものである。併し予は我々の主張に権威を持たしめるために、三百五十萬の本島人同胞と六千萬の内地人同胞に対して、先づ台湾に存する差別待遇を一掃するやう相互に協力せむことを切望して止まない次第である。予の此の提議に対して或部分の内地人は甚だ快く思はれぬことであらう。現に本誌創刊号に登載した泉教授の高論は全く予の提議の先鞭を附けられたものであつて、これに対して天愚庵なる内地人が台湾日々新報に投稿して「泉氏は内地人なりや」と絶叫したではないか。有識の内地人たる泉教授に対してさへ此程激昂するのであるから、予に対して尚一層不快を持つだらうとは強ち邪推であるまい。然し不快を抱くものは明かに誤謬であつて、予の顧慮する処でない。何うしても世界人類に向つて日本がその正々堂々たる人種差別撤廃案を成立せしめるには、我島に行はれてゐる同様の差別を第一に全廃せねばならぬと予が云ふのである。予が斯く云ふのは勿論我等三百五十萬島民の便益のためであるけれども、同時にまた六千萬内地人の便益のためであると信ずる。即ち利害の共通を出発点として予は主張するのであつて、予の主張が今日に於て喜ばれなくとも何時か採用される日のあるを確信する次第である。一方に予は我が本島人同胞に提議せねばならぬ点がある、予は先づ質問する。一体生蕃なる語は誰の造つたもので、誰を指すのであるか、そして生蕃と呼びすてゝもよい程に呼ばれる者の品性が堕落したのは、それ自身の生来の罪であつたらうか。本島人同胞よ、我等は手を胸に当て目を閉ぢて静か考へると、生蕃なる語は我等の造つたもので、現在我島の山中に起臥してゐる人々即ち山内人を指すのである。そしてそれら山内人の品性があれ程堕落したのは、全然我等の祖先が彼等を迫害した罪である、誠に我等は過去に於て自ら人種的差別をなして他人を迫害した、その天罰として我等は他人から人種的差別をなされてその迫害を受けてゐるのである。実を云へば我等は何も云ふべきことがなく、只過去の罪滅しとして現在の悲運を甘受すべきであると思はれる。誠に罪悪は刑罰なくして滅びるものではない。或は台湾に於ける所業を目下米国で悶躁いてゐるのかも知れぬ。噫！同胞諸君、我等は茲に於て真摯に過去の責任を感知し十分にそれを負担せねばならぬ。否、それのみではプラス、マイナスで何も残るところがない、我等は須く積極的に更に進んで余計に何かを為さねばならぬのである。

我等が積極的に為すべきことは、第一に現在深山の中で不見目な生活を送つてゐる人々の不幸を助けて上げることで、それには先づ生蕃なる語を廃しそしてその教化問題を我等が誠意を以て解決の道を講ずるを要する。第二に我等の為すべき積極的の行為は、内地人（当局を問はず民間を問はず）の無理なる差別と圧迫に対し敢然として抗議を為すことである。帝国領台二十五年来、我等が内地人より受けた無理なる差別と圧迫は、実際堪へられぬ程強く重くあつた。学識に於て内地人よりも低級であるから我等を最下級の官吏、使用人としか採用しないことや、同階級の役に在る内地人よりも薄給を与へられる等のことは、有理の差別であるとして我等は甘じて受けた。学問の世界に城塞を築いて我等をその中に拘禁することや、農夫が耕作の自由を侵害せられ、強制されて作つた甘蔗を甲乙に販売するの自由を奪はれて、尚もそれを会社特定の価額で売渡さねばならぬやうな差別と圧迫は、無理至極の横暴であつてこれをも我等は今日まで公に一言もなく堪へ忍んで来た。誠に小羊の如きものと云ふは我等のことを指すのであらう。然し苦痛は到底苦痛であつて、不正は飽くまで不正である。それを何気なく装ふのは虚偽であつて、此儘では小にしては内心の平安を破り、大にしては社会、国家、世界の平和を危殆ならしめる、即ち世界を毒するの結果を致す根柢であると考へるときに、転た寒心せざるを得ぬ。或は我等が真実を告げば直ちにより以上の圧迫を受けるを懸念するものがあらう。それはさうであるかも知れぬ、然し心ある人は斯ることには頓着せぬものである。著名なる希臘の歴史家プルターク曰く、「小亜細亜の住民共が臣隷となつたのは只だ『否』と云ふ一語を発することが出来なかつたゝめである」と。これは事実であつたかも知れぬ。予が思ふのに我等は何かを云ふには必す人類共同の利害を主眼とすべく、然後侃々諤々と主張すべきである。斯くあつて而も危害に逢ふならば志士仁人たるもの甘じて受けるのである。誠に従来の我島の人事問題に対して我等は一層真摯の態度を取り、我等の胸襟を打ち開いて全国民と語るべきものである。是れに依つて我島内に存する一切の人事的葛藤を解けねばならぬ。斯くあつてこそ生活の理想が実現せらるべく、帝国の世界に対する威信を増さしむべきを深く信ずる。幸に我島に於ける言論の自由は稍認められるやうに時世が変遷して来た、現当局の英断によつて稍体裁を備へる議事機関も成立し、新聞紙上で内定の各種協議員の氏名をも閲読した、その中予の辱知も多少居るやうで、何うか此等の諸氏、本島人の協議員諸氏に十分その職責を全せらるゝやう切望する次第である。

原發表於《台灣青年》第一卷第四號

我島與我等（一九二〇、十二、十五）

曾閱某書，見英國近代之名士阿稗布禮卿，有言曰：「世情皆如鏡者也，若此方微笑，則彼方亦以微笑應之，此方顰顏，則彼方亦顰顏返之，又若以赤眼鏡以觀斯世，則一切之物色，皆見為赤薔薇色，以青眼鏡觀之，則皆見為青色，以淡黑眼鏡觀之，則一切皆混沌不明，而見為淡黑色」。誠哉是言，實足表明乎一面之真理。吾人皆有以主觀而看定事物之傾向，即動欲以自己所持之眼鏡而觀斯世，如是，其結果之易生錯誤者固屬瞭然，然亦無可奈何耳。惟願自己之眼鏡，縱不得與多數人之眼鏡全然同一，亦期得其類似方可。余茲欲以「我等與我島」為標題而略述之者，即我台灣島與我台灣人，有如何之關係，換言之，即我台灣島是如何之處，而生於此處之我等台灣人，曾得如何之暗示於我島，因之當過如何之生活，意為此問題，於我等最是有直接之關係者，不可不先考量之也，余欲由三方面以考察之焉。

最初由我島自然界方面觀之，則見其皆屬於激烈而濃厚者。蓋以北回歸線殆橫斷乎我島之中央，故我島係熱帶地，其天候之變化激甚，方見青天如洗，白日炎炎蒸熱萬物，忽而千態萬狀之白雲，叢叢而起，一轉瞬間，則黑雲飛佈滿空，電光頻刺人目，而雷鳴震耳，旋有冷風捲土飛揚，而大雨傾盆矣，未幾雨收雲散，綠葉生涼，虹橋煥彩，別添一段之景趣，此實為我島之一特色，為夏季驟雨之壯觀。若遇暴風襲來，則見千年之大樹，亦連根吹拔，萬綠盡如燒灼，現出可畏自然之威力。雖然另一面又非無皎月高懸穹蒼如洗之清涼月夜焉。

觀我島內之地形，則見其變化殊多，而其景色之雄大壯麗，實足以惹人目，或雄岩絕壁，白浪飛來之海邊，或百花爛熳，蝴蝶戲翩之原野，或百鳥飛鳴，蒼綠滴翠之谿谷，至若高聳碧空之中央山脈壯嚴偉觀，國內罕見其類，聊足誇焉。

又即我島所產物資觀之，其在農產，則米一年有兩度之收穫，其耕作之面積，計五十萬甲之廣，一年之收量，上四百八十萬石，砂糖與茶，皆著名於世界市場，前者之耕作面積，計十六萬甲，收量六十五億斤，後者則有四萬七千甲，約有三千萬斤之收量，其他甘藷、豆類、麥類、芝麻、黃麻、苧麻、煙草、藍等，其種類之多，不遑枚舉，而且土地肥沃，故只需些少之勞力，即能繁茂生育。其於園藝，僅芭蕉一物，不問籬邊與山上，凡人跡所到之處，無不生育，其產額約達二百萬圓，鳳梨則遍於山地，只需往採其實即可，蜜柑、文旦、龍眼、樣仔、李仔、蓮霧、木瓜、柿、桃等，令人感覺全島為果物園之概，種類甚多，風味極美，蔬菜不下四五十種。家畜則有水牛、黃牛、雞鶩、鵝鳥等，足以供給島內之勞力與食品。山地方面，則有樟腦，支配乎世界樟腦工業之死活，其賣額約達七百萬圓，又有可用作製紙、細工、建築、造筏等材料之竹林，到處繁茂，其筍之產出量，亦屬莫大者也。進而言夫森林，則僅阿里山之檜，已足聳動天下之耳目，況此森林之面積，殆佔全島十分之七，即由此而想像之，此後因其開發之進展當可供給無量之良材於內外，亦不難豫測也。礦業幾若尚未著手，而其產額已達七百五十萬圓左右，其採掘中之主要者，為煤炭、金、銅、銀、水銀、鐵、煤油、燐、硫黃等，由此觀之，我島礦業之前途，如何有望，足以推知矣。又四面環海之我島，海之產物實屬豐富，第一於氣候之關係上，製鹽一業，實具有無限發達之素質，水產若將漁獲之方法大加改良，則我島之近海殆將為世界有數之魚場，即如現今，用極原始的方法，每年之捕穫物，可達五百萬圓。

如是我島之自然界，其氣象、其景色、其物產皆極雄大豐富，如此天惠豐富之地方，即世界中亦不多見，我島誠為地球上之寶庫，而我等乃生而為其主人翁。我等置此無盡之寶物於身邊，呈此偉大之山河景色於目前，豈無何等之意味往來於其間耶。此等事物之於我等，是有何等之暗示與要求否耶。余實感其大有之也。

竊思此等自然的變化與實在，常給與我等以強烈之刺戟，而不絕在要求我等之發奮與活動，暗示其由於我等之發奮活動，而可得幸福焉，是即此等事物常要我等之覺醒，求我等神經之銳敏，期我等智識活動之旺盛，望我等進而研究以得樂趣。夫外物之要求我者若是，而我等對此之態度如何，潛思及此，實覺遺憾極矣。我等以往，若無神經若無思慮，缺乏進取精神，而計劃創造之氣風不振，遂致陷於今日之境遇，我等應當猛省大悟。

抑我等既往，何致對此等之實在，如是之漠不關心耶，下述二點，殆其根本原因歟。第一，我祖國中原之山河，甚是廣汎，其住民亦甚眾多，土地廣則行動自由，住民多則易失人心之統一乃自然之理也。古時，人之行動範圍，殆限於平原，中原廣汎，使難以統一之眾多之人心，益深其傾向焉，因是政治之中心，常生動搖，而弱肉強食之現象，愈見顯著，天下遂陷於無有寧日之狀態，竟念人心倦只圖安逸而已，所謂「明哲保身」之退嬰思想，終支配乎億兆之心，而導人心入於墮落之深淵。認為與其進而謀社會公眾之秩序與福利，無寧退而圖一家一身之無事與享樂為愈也，即消極之現實主義精神，遂占領了萬人之心，而蹂躪其對追慕永遠之鴻志。噫！犧牲之精神，進取之氣象，已成俘虜，而被禁鎖於家庭牢屋之中矣。第二，則為受天竺傳來之宗教思想之所制也。因佛教之思想，而令前述之退嬰主義，越加濃其色彩，佛教以三世因果說，戒我以殺生，其轉生輪迴之教理，說無常無我之哲學，教我以一切萬象皆為虛無，因是，為避爭亂，由社會而深鎖於家庭者，更由森羅萬象之大自然界，而自禁於個個之狹小密室，閉目靜坐手足俱不動矣，如是自然與吾人之間，為自造之障壁所隔絕，自然界之呼聲，一切不能入於吾人之耳矣。佛教乃東洋之宗教，今觀東洋諸民族之文明，殊少自然科學之文明要素，足證所述不甚謬也。

我等因此長久之因襲，馴致一般缺乏對於自然之興趣與考慮，但因西洋文明之傳來，與周圍事情之激變，受其刺戟結果，曉悟以往過錯，對學問之志望，亦頗真摯，若境遇所容，我等空虛之腦袋應早就充實起來，而我島之開發，亦當少獲進展，奈可竟不能逢此好遇，雖然，在另一面則反覺可喜，何以言之？凡在順境者，總是終於小成，今我等鬱勃之向學心，暫時受人壓迫，恰似飛機起飛之前，先受人力牽制，俾得儲其牽引力同然，從物理學上不易之原理，所謂「動等於反動」，其壓迫愈大是令我等之熱心愈見加強，可懼者，是在乎我等無志，而不在乎受壓迫，現在之苦痛，即將來幸福之始基。我留學生年年增加人數，今春來者，已見百名以上矣，目下我留學生之總數，在六百人以上，而其四分之三左右，乃中學小學之在學者，此一事實將何以說明之，縱如何薄情之父母，決亦不甘使其年幼無知之子，冒受他鄉之風霜，而今竟盛行若此，正為我向學心勃勃激增之實證，務望照此繼續行之。

要之由我島天惠豐富之點觀之，則我等應謀對此等智識之向上，使我島成為一大工商業地，供給物產於內外，增進人類之福祉，實係我等之天職也。

次由地理方面，聊述我島與我等之關係，我島乃自北緯二十一度四十五分，至二十五度三十八分，自東經一百一十九度十八分，至一百二十二度六分，面積二千三百三十二方里之木葉形，在太平洋中之孤島也，東隔渺茫之太平洋與美大陸相對，西則隔澎湖羧島，而與祖國之中國相接近，南望斐利賓羧島，北則經琉球羧島而向母國焉，海岸之延長，約四百里，雖無大灣，而基隆打狗之二港，可停巨船，中央則連亙一萬餘尺高山十數座，以為分水嶺，河川到處皆有，灌溉頗便，肥沃之平野，決非狹隘。

由此天生之地理的關係以觀我島之使命，果如何耶？簡單言之，可視為亂世之戰場，治世之樂園也，作為政治之根據地活舞台，則全然無其資格。誠哉既往之我島，乃完全之戰場也，西班牙退而和蘭代之，鄭氏佔據，席尚未暖，滿清之政令早已佈矣，在歸日本帝國領有之前，曾經幾度之爭奪戰，實不得而知，不幸再有帝國與他國交加砲火之時，則我島當為皇軍飛躍之根據地，我等家屋之一間一間，或將為敵彈之標的，亦未可知，我島實乃帝國南方之鎖鑰，軍事上之重要地點，我島之政治，多年間，歸之武人所掌握，豈非此點被認太重之禍耶。由此意味考慮，我等決不能悠悠閒閒，終作立於無能力者之地位也，台灣乃帝國之台灣，同時亦為我等台灣人之台灣，當陰雨之前，綢繆牖戶，我等須使體力充實，氣力旺盛，不能不注意於為將來我島之守備，致其力焉，即我等自今日始，在我等之自由範圍內，準備將來之真生活，我等之智力不可不敬，已如前述，而我等之體力，亦有鍛鍊以充實之之必要，此決非願為軍國主義之末流所作之意圖，實欲完成我等之本分之覺悟也。

夫戰爭者，乃一時的變態，決非隨時皆有者，又實際世界漸漸進步，以可至於人類不得發起戰爭，鄙見我島之將來，與其成戰場，寧成為世界之樂園之傾向較大。抑我島不但位於東洋海運之要衝而已，且因天產豐富，如有科學以促其進步，則工業必然發達，成為通商貿易地，則我島將來之盛名振於世界人類之間，可無疑也。又我島之地形其變化特多，其景色與位置又跨乎熱溫兩帶，加以高山多，因之其氣候兼有熱溫寒三帶，春夏秋冬之四季，同時顯現，故只需交通機關完備（然須俟與山內人握手之後方可），則雖世界之大，亦無如此生活自由之區也。瑞士既得為西歐之公園，則我當可為東亞之樂土之資格足矣。噫！我等為此島之主人翁者，宜著目於此點而努力，興乎！島主等!!由於爾等之努力成就，多眾人類同胞之足，齊向此島來遊，共享安樂幸福，必非夢想也。

最後余欲由人事方面考究，以於此稿焉，我島之住民，不由人種學上瑣碎言之，只從簡言之，可謂由內地人與山內人（生蕃者，乃他人稱之之語），並我等本島人之三族而成者，其原來或係同種，然今則有不能不區別之，觀夫世界各人種間之關係，甚屬繁雜，而於此狹窄之小天地台灣，其人種問題亦與廣大之世界同然。美國對日本人，有人種的偏見差別的待遇，此頃日本內地之人心激昂，不論上下皆為喚起世界之輿論，每日在新聞雜誌上，羅列悲憤慷慨之言論，余實欲與我三百五十萬之同胞，聲援加勢於此六千萬之內地人同胞，而鳴鼓攻擊美國之非，俾人類間之人種差別待遇，即一日亦須早行撤廢之。然余為欲吾人之主張有其權威，對三百五十萬之本島人同胞，切望其相互協力，先將台灣所有差別待遇盡為掃而除之。對余此提議，想一部份之內地人必甚感不快，現本誌創刊號所登載泉教授之高論，全係余之提議之先鞭者，對此名論，且有天愚庵之內地人，投稿於《台灣日日新報》，以「泉氏其內地人耶」之語，對有識內地人之泉教授，尚且如此激昂誹議，故對於余必更加一層不快，想亦非係邪推也。然抱不快者，明屬誤謬，而非余所顧慮，余謂日本既欲向世界人類，使其正正堂堂之人種差別撤廢案成立，何以在我島所行同樣之差別，不先使其全廢耶，余為此言，係為我等三百五十萬島民之利益起見者固勿論，同時亦為六千萬內地人之利益而言者，是以利害之共通為出發點，余之所主張，在今日雖有聞之而不悅者，然余信其必有為眾所採用之一日也。一方余對於我本島人同胞，有不能不提議之點，余先質問，畢竟生蕃一語，是誰之所造者，抑指誰而言耶。彼被呼生蕃者之品性，墮落若是之甚者，其果彼等生來之非耶。本島人同胞乎，我等以手撫胸閉目靜思，生蕃此語，乃我等所造者，乃指現在在我島山中起臥之人，即指山內人而言者也，而此等山內人之品性，墮落至於如彼者，全然是我等之祖先，迫害彼等之罪所致者也。是我等在既往，自為人種的差別以迫害他人，而今受其天罰，我等受他人之人種的差別，受其迫害，我等當無可言，只有懺悔過去之罪，而甘受乎現在之悲運耳。誠哉罪惡，無罰不能消之。或者現在台灣之所業，轉為美國目下之迫害歟。噫！同胞諸君，我等今茲不可不真摯感知既往之責任，而充分承擔之，關於此點，我等實不可僅止於補過，兩相消清而無所餘，我等宜更取積極的態度而有所貢獻也。

我等當取之積極的態度，第一，宜救助現今在深山中陷於極等不幸生活之人，應先廢去所謂生蕃之語，而除卻侮慢彼等之念，至於彼等之教化問題，我等當以誠心誠意，講其解決之道焉。第二，我等當取之積極的態度，對於內地人（不問當局與民間）之無理壓迫與差別，則敢然表示抗議是也。帝國領台二十五年來，我等受內地人之無理差別，實多難堪者，因內地人與我等，有數千年歷史之異，故在台內地人之一部，以為以往所行之差別，是當然者亦未可知，但通乎世界大勢之內地人，余信其絕不然，即徵諸本誌上諸名士之議論，亦可作為明證。有理由之差別，無論如何，我等亦所甘受，無理之差別，實際無法忍受。吾人即為民為人，皆愛好相互之調和圓滿者也。我等對於過去所受無理的差別之苦痛，明表之於全國民之前，而協議其解決之方案者，即愛平和之精神，忠實之所以然也。或曰，我等若以真實，即受加倍之壓迫矣，此事容或有之也，亦未可知，然有心人，則不介意乎此也。著名之希臘歷史家普爾達克氏有言：「小亞細亞之住民，皆為臣隸者，率由不能發所謂『否』之一語也」云云，此固或係事實，亦未可知，以乎思之，則我等無論欲出何言，皆必當以人類共同之利害為主眼，然後乃可為侃諤諤之主張，若如是而遇危害，乃為志士仁人者之所甘受者也。我等誠宜對於將來我等島之人事問題宜取益加真摯之態度，打開我等之胸襟，而與全國民相語，再不然，則不能解其存在乎我島內之一切人事的葛藤也。夫我島之人事葛藤若解，則生活之理想方可實現，帝國對於世界之威信，自然加增，乃乎之所深信也。幸而我島已變遷至於言論稍得自由之時世。依現當局之英斷，而稍備體裁之議事機關亦已成立，各種協議員亦見任命，其中亦有余之辱知在焉，余不勝切望此等諸民，與本島人之協議員諸氏，勿為勢牽，勿受利誘，昂首長鳴，十分全其職責焉。

原發表於《台灣青年》第一卷第五號

巻頭之辭（一九二〇、十二、十五）

庚申の歳正に暮れんとして吾人此一年の中に果して何をか為し得た？回顧すれば聊か慚愧する所なきを得ぬ。されど時の移ると共に世態も随分と変つた。先づ大戦で流した血潮を以て世界地図の色は塗り換へられ、今まで絶対至高なりと思はれた国家も僅か一本々々の支柱と成りはてゝ超国家的権威はそれから建てられようとしてゐる。一方に思想は泉の如くに湧出でゝ、人権は筍の如くに伸張する。噫!!改造の世界、改造の時代とは実に此一年のことである。

改造の世界の一隅に介在せる台灣島内に於ける此一年は如何？実質と程度を暫く問はずば、吾人は猶その改造の大勢より外れないことを見る。即ち新督憲の文治の恵澤として官吏と教師の武装は解除せられ、警察の権勢は縮小となり、地方自治の形体が出現したのを先づ挙げねばならぬ。尚教育に於ては共学の内訓があり、官吏任用には訓導が丙種教諭に巡査補が巡査に昇進せられた。更に強いて数ふれば微弱ながら本誌も読者諸賢に見えるやうになつて暗室より我が島人は免れ得さうである。

然し諸君!!吾人の眼前にはより大なるより根本的なる改造がなされようとしてゐるのを見逃してはならぬ。吾人過去に於ては到底他人の想像し得ざる苦痛を嘗めて来た。大日本帝国は君主立憲の国柄であるに拘らず、独り我台島に於てのみ、立憲政治の行はれて居ないとは、これ何たる不合理ぞ。況や目下地球上に存在する何れの人類社会を視ても野蠻未開の処ならいざ知らず、苟も相当の文憲ある処であれば所謂民意を基本とする政治の行はれない処はない。独り我が三百五十萬島民が尚ほ斯る非立憲政治を受けてゐるのは、誠に恥の至りである。而して此の非立憲的政治は実に彼の六三問題に由来する。即ち総督に立法権を委任する現行法律第三十一号の存在するに起因してゐる。内地に於ける幾多の有識人士は早くより此問題の議題に登る毎に反対して来た。今や再び来るべき議会に於て、本法の存廃を解決せらようとして居る。然し問題は単に六三の撤廃で終るものでなく、更に我が島民の意志を尊重すべき途に進むべきである。

同胞よ!!吾人は多年の沈默から立たねばならぬ。大多数の母国民は吾人と語らんとを切望してゐる、吾人は蹶起して真に我が思ふところを全国民に訴へ、根本的大改造を吾人は全国民と協力して我島内に於いて為すべき秋である。さらば起てよ！三百五十萬の同胞!!起つて我等の法的自由を主張せよ!!!

原發表於《台灣青年》第一巻第五號

巻頭の辭（一九二一、一、十五）

現在は過去が生んだ果実である、未来は現在が生むべき果実であらねばならぬ。過去を離れて現在は無く、現在を別にして未来の有るべき理は無い。現在とは測ることの出来ない無限より、悠遠に亘りて継続し来り、継続しつゝあり、将た又継続すべき時と云ふ経に織り込んだ緯の一部である。過去の歴史を離れて現実なく、現実を外にして未来を断じ、純理を趁ふことは、時の功を理解せざる空想と謂はねばならぬ。

吾々青年は純真高潔なる理想を尊重する、穏健なる理想は過去の歴史及び現実社会の基礎の上に立脚して一歩又一歩進みたる未来に対する何物かの希望であらねばならぬ。理想なき青年は社会の害蠹となり理想ある青年は社会の中堅となる。是れ青年の抱ける理想の程度を測つて其の社会の興廃民族の盛衰、国家の存亡及人類の隆替をトすべきバロメーターである。

人類は社会的動物である。五尺の肉軀を捧げて、永存すべき社会の清き犠牲と為し、以て自由平和なる理想社会を実現せしめむとする希望が、取りも直さず青年の尊き理想である。潑刺たる気象たる気象に富み、熱烈なる精神を所有せる青年が、既に斯る理想を抱ける以上、必ずや之を貫徹せしむるに極力主張し、献身奮闘するは当然である。是れ彼の有史以来社会に対する改造の声、圧制に対する自由の叫びを疾呼したものは何れも青年時代の傑出人物たること史蹟の示す所である。

人類が社会的国家的生活を形成して以来、其の支配中心勢力を概観するに、孰れも一人より数人に数人より多数に多数より一般国民に移り行き、移り行きつゝあり、又移り行かうとして居る。即ち極端なる専制政治より出発して、理想なる民衆政治に到着する迄の道程に在る間は、所謂改造解放、自由平和と云ふ叫び声の絕ゆべき筈が無い、故に数千年の人類発達史は何れも強弱闘争、優勝劣敗との標語に依つて蔽はれて居る様に見えたのも無理からぬことである。

然るに人類の道徳的進歩の結果とじて、社会の発達は相互闘争よりも、相互扶助の方が主要なる作用を為すものであると云ぶ根本思想を強調して来たのは最近の事に属する。是れに依つて社会上では階級差別撤廃、男女同権を極唱し、経済上では自由競争主義に基ける資本組織の改造を絶叫じ、政治上では国民的基礎の上に立脚せる、完全なる立憲制度、真正なる民眾政治を要求し、国際上では相互協力の促進、世界平和の完成を聯盟する機運、即ち世界的総勘定を為す時期に到達して居る。

右述べたるが如き世界的総決算期に際し、吾々島民青年は如何に洋中孤島に跼蹐せる現状の生活とは云へ、如何に所謂殖民地土着民の地位に居るとは云へ、苟くも同じく人類の一員として生存せる以上、必ずや各健実なる理想を有し、応分の天職を尽さねばならぬ。決して目前環境の状態に迷はされて自暴自棄し、徒に自己をして世界文化の水平線下に沒入するを許さぬものである。否、假令自ら許すとも社会が之を許さず、社会は許すとも人道正義、自由平等なる根本大理想を実現せんとする新世界が之を許さない、既に許されない以上、吾々は唯各自の理想を実現せしむるに努力奮闘すべき一途あるのみである。

茲に新年の劈頭に方り、暁鐘喜を報じ、萬物新となり、謹んで同胞諸兄の健康を祝すると共に、理想尊重の一端を述べて年始の辞と為す。

原發表於《台灣青年》第二巻第一號

巻頭之辭（一九二一、二、廿六）

人間は社会的動物であると云ふ。即ち社会生活を為す特徴を人間から取去れば、人間も動物であると云ふのである。斯るが故に、人若しその人間たる所以を発揮しようとするならば、須らく社会的活動を可及的に広く長く且つ烈しく為すことを要する。人が完全にその社会的活動を為し得たときには、独り彼れ自身がその特色を発揮して、限りなき栄幸を覚えるのみでなく、実に彼を包含せる社会そのものも同時に一段の進歩と向上を遂げ、より美しき、より楽しき世界を現出するのである。是れは単に一片の空理空論ではなくして、歴史を造りたる確実な事実であると知らねばならぬ。

而して社会的活動とは何ぞや。社会を思ひ、社会の事を為すの謂である。社会に在るとは自己が常に自己以外の他人と接近することで、一時に最も多くの他人と接近するのは最もよくその意義を発揮する。社会を思ふとは自己が接近せる他人の状態を察しその便益になることを考慮することであつて、これは最も多数の他人につき最もその便益になることを考慮するを以て理想とすれ。社会の事を為すとは他人の為めに考へたことを、我が力によつてこれを実際に現すことである。その実際に現すところの事は最も多くの他人に関係あるものであれば、最も良い。要するに、人間は自己以外の人間と共住し、そのために慮り、その慮ったことを自力によって実際的にすると云ふことがあって始めて動物から区別し得るし、その社會的活動の範囲と程度の広狭高下に随って、その動物から隔てる距離に遠近の差を生じ、その人格の高低な構成する。そしてその社会の文化も、それに因って盛衰を来すのである。

同胞諸君、右の言は誠に簡易ではあるが、真理であると信ずる。吾人苟も人間を以て任ずる以上、是非ともこれを以て己が身辺を検査して見るがよい。吾人斯くして常に我が社会生活の何処かに大いに缺けたる或物の存在するを感じつきて、痛く愁傷慚愧の次第である。同胞諸君、その或物は何物であらう？そしてそれは果して我が社会生活の何れの部分に属すべきものであらう？

原發表於《台灣青年》第二巻第二號

巻頭の辭（一九二一、四、十五）

人の一生は誠に貴い。五十年の人生、これを宇宙の悠久に比すれば、蜉蝣にも及ばぬ程の寿命ではあるが、併し何を以てしても到底換へることの出来ない、極めて、貴重な五十年であると信ずる。涯ない渺茫の此の大宇宙に、森羅萬象が数限りなく充満してゐても、此の短小な生命は、何処を探つても、更に二つとはなく、殊に、人若しその天賦の霊性と、高貴の資質を完全且つ徹底に覚知した暁には、何れも其の為す業によつて、測り得ない偉大な功果を現し、造物者同様の権能を所有するに至る天稟を具備してゐる。人間の自由、平等、独立などの不可侵害な権威は実に茲に厳存するのではないか。ニユートンの智慧を以て星晨の重さが秤られ、ワツトの苦心を以て鉄山も水面を駛るやうになり、エヂソンの研鑽を以て音声を手で攫むことまでも出来た。斯く人間が空、陸、水の三界を通じて、其の霊妙の性を発揮し、奇蹟を将来に遺しつゝあるばかりでなく、人間それ自身の生命にまで、其偉力が驚くに足る働きをなしつゝあるを観るであらう。東西の文献に徴じて明かである如く、幾多の英雄賢哲が偉力感化によつて、奪ふ者が施す者となり、歎く者が笑ふ者となり、懦夫怯漢酔生夢死の徒が、劒を抜いて起ち正義の為めに怒り戦ひ、其の同胞社会の福利を幾何か増進したであらう。況や億兆の人類が釈迦に依り一切から解脱して自由の天地に住み、孔子に学び忠恕の徳に輝きてその生活を美化し、基督の救ひに預り死の死涯より復活して五十年の命を永遠にまで伸し得たことに想到したときには、アー人生!!是れ真に天恵の至宝であると叫ばざるを得ないのである。

同胞諸君、吾人かやうに人生の真価を高調する所以は、我が同胞の中、余りに目前の小利に敏くして、百年の大計を閑却にするのゝ多いのを見るからである。不幸にも此の状態が続く限りは、吾人到底目下の苦境から逃れ得る道がない。往昔、モーゼ一人の落涙で全イスラエル民族を生地に返したと云ふけれども、現今台湾三百五十萬眾の向上を図るならば、須く全台湾青年の総動員を必要とする。希くは有志の青年諸君!!吾人先づ蹶起して応分の努力を致さう。さらば起て!!!人生意気に感ずることあるのみで、奚ぞ功名の如何を論ぜるやである。

原發表於《台灣青年》第二卷第三號

漢族之固有性（一九二一、四、五）

一夕余與在京兩三友訪一內地篤志家，彼開口即曰：台灣之事吾尚未之聞焉，若朝鮮行情，則常審之十有餘年矣，不幸日鮮兩族乖離若今之甚，實屬痛心。吾謂此職由於兩族之不相理解，是以每遇鮮友，直以如下三點叩其意見：曰鮮人所有之良風者何；曰其優秀之固性者何；又曰其所應盡之使命者何，然至今未能逢一善說之士，尤為可悲也。凡人之能相友愛相親睦者，必先相知其特質，朝鮮既有四千餘年歷史，豈乏可以特筆大書者乎？今鮮人不能自覺，日人又未之知，日鮮之有紛爭，吾信其非偶然也。雖然，諸君乃漢族之裔，住居台灣，遂入日本國籍，吾觀將來日漢關係，更為重大，故欲以前述三項，轉詢於諸君，如蒙教誨，誠榮幸之至也云。此老之立意非尋常也，夫此等問題誠係重要，但其所關範圍又極寬敞，殊非一時容易可得解釋，設非有積學有心之士，何能於瞬息間從容答之？幸而同行一先輩，因時刻之不多，乃起而舉其大體一一答之，余受其蔭，得免於無自覺之列，蓋一時之僥倖。雖然如是之問題，實不得以一時之僥倖而任他人解說之，要當自加攻究，求有把握於心，方不失為自知自覺之人，庶幾無愧為漢族之一員。余茲僅舉漢族之固有性一點聊述鄙見，總是井蛙窺天，多於以一斑而直卜為全豹之弊，倘得同好君子叱而正之，幸莫大焉。夫性謂何？中庸曰：「天命之謂性」，是謂人出自天，賦受其命，其所稟命即是人性也已，此言雖簡，其意實長，千古不磨之斷也。竊思夫天命之中，有直接有間接，直接之命為吾人之先天性：間接之命是吾人之後天性也。先天之性則為人類所共通，分毫亦不能移者，如男女之性然；後天之性則反是，既曰間接之命，必有傳命之媒介在，其所謂環境時勢者是也。然時有古今，境有順逆，故人類之後天性，非同一亦非不移者也，如輕燥與厚重之性是。雖然，既係同生一時，共處一區，換言之，具有共通之歷史者，其後天性中必具有共通點也明矣，是謂之民族性，今云漢族之固有性，即指漢族固有後天之民族性也。然則何為漢族之固有性？余敢斷之曰：愛和平、尊祖先、重質實、善忍耐，四者是也，請於下段逐次分析之。

固有性之由來，原因環境之感化。抑漢人之數，現呼三萬萬，約占世界人口五分之一，而其所占據之區域，又係世界一流大陸，且閱四千餘年歷史，足見其環境之複雜矣。夫人眾則彼此之關係自煩，設人人不相尊重而守其本分，勢必無有寧日，眾必不得以聊生，於是和平之性自發，故忠恕為漢族道德之大本，禮樂供王者治民之要諦焉。以此和平之性，漢人之所輕者武力，所重者文化，故日以力服人者霸，以德行仁者王，文化主義係漢人之標榜，軍國主義確非漢族之所與。又因此性之存，漢人自昔已有平等博愛之念，所謂：「己欲立而立人，己欲達而達人」，又曰：「舜亦人余亦人」又曰：「四海之內皆兄弟也」，僅此數語便足窺其思想之大概。況漢族四千餘之政治史中，若唐虞之禪讓，商周之交代、元清之入關，五族之共和等，非漢人之社會不能行，是其偉大之固性以致者也。余稱愛和平為漢族固有性之一，似非不可也。

尊崇祖先乃人情之自然，豈獨漢族哉？余舉而斷為漢人固有性之二者，緣其尊之之心較切，而法較嚴，且其影響較大故也。夫近者親遠者疏，是世情之通常，若漢人追遠之念，則甚篤矣。論語曰：「生事之以禮，死葬之以禮、祭之以禮」喪祭之禮，余謂未有如漢人之至也，三年之喪何族之有，魂墓之設何種如之，祭祀之敦崇悠久何國及之，再觀漢人家族制度之完備，不外為欲盡其尊親之心，而行其追慕之禮耳，余謂尊祖先乃漢族固有性之二，似亦非不可也。

欲明漢族固有性之三為重質實，可先檢其民族教之色彩，或擬儒教為一種之宗教。以余觀之，其中非無宗教之含蓄，若就大體言，則見其為沌然之實踐道德焉。抑儒教之大宗，由孔子出，孔子之教，係集先代言行，兼加其自說，組而大成之者，實一種實驗之倫理，現實之教訓也。若謂漢人文獻中，有神仙之說、有天命之論、有靈魂不滅之信仰，等之哲學思想在，然此係一部之議論，其大部則以三綱五常之道、中庸之理、仁義禮智信之德，為其規範之骨髓；禮樂射御書數等藝，為其學問之對象焉。更就漢人創作方面觀之，世人多評漢族為保守主義者，余認其不大悖謬，或曰好古敏以求之，或曰尊古而製，是亦聊可以作其一證，因此性之鞏固，故漢人生活之中，殊乏冒險開發之行為，悉以遵先王之道為始終，中華文明之積滞，蓋由此好質守舊之弊以致之也。歐人則不然，其生活之中，日積月累，漸加新鮮之要素，遂成燦然之文物，使吾人不免瞠乎其後，此出其不安現狀、喜捨犧牲、常冒危險、不顧利失、潛心研究，以致之己。漢人以其重質實，故厭冒險亦惡犧牲，死心以保舊法，極力維持現狀，所謂現金主義者，是輕薄之之語也。試由器什品物之類察之，則又見其專以質實為主旨，其家內器什，雖不甚華麗雅致，然皆堅強耐用，其商價品物，則與其以包裹裝飾之費，致減內容之重量，寧取以濟用為度，而求益其實質為得。萬般如是，故以風流逸趣之點而言，漢族則輸他族數籌，音樂然，美術亦然，若旅行遊玩競技運動諸事，漢人則視之為虛度光陰，浪費金錢，自己不為亦不願其子弟為也。

漢人之於忍耐，經有評定在，或謂漢人長於商賈聚貨之才，誠係事實，若論其才之由來，則全仗其重質善耐之性，夫重質則省費，善耐則諸事自如，成功可待也。因此善耐之性，兼之前舉和平之心，漢人之氣宇品格，自覺閑靜優雅、寬宏大量從容無所迫也，其當謀事，則再思三思，不輕舉措，其遭恩怨，則久久不忘，必期報效。余以為此等性格，蓋亦因其社會複雜，加之家庭多眾同居，久年琢磨涵養以致者也。

上記四點，余固信其為漢族特質，若論此等性格之優劣，則誠難言。蓋物具表裏，事有始終，優劣之別，務以時代為背景，方不失其正鵠也。倘以力即正義，強權係真理等之思想為一切範疇，漢族愛好和平之性，則終命其作軟骨動物，居他族之下風乎。反是，以世界為一體，人類同一家，等之見解為萬般立腳，漢人具此性格則將益增其偉大，而成坤輿先覺之人群乎。換言之，在弱肉強食武力萬能之世，漢人必墜而居劣敗之地；於有無相通互助共立，所謂人道主義之時代，漢族正堪為世界之撰民歟。吾儕轉首遍觀，察現代之趨勢；大見此性之將成漢族者多，為漢族者宜善守其天命。余謂漢族之能擁四億之眾，造千年之青史，傲然為人群中之最老大種族者，實出此好和善耐兩優性之所賜也。雖然因此固有性，致生貴文賤武之習，以其流弊遂釀今日之文弱，情實可憾焉，似彼富國強兵用謀侵略者，固不足以齒，如其鍛筋骨養活氣，以期貢獻人群之福祉者，則當潛心力行之耳。再觀漢族之社會制度，係以家族為胚胎，其尊祖宗之美德，於保其制度上，誠屬緊要也。夫中夏之壤，連續稱四百餘州，且其人口又極多眾，惟是人多則心思不一，地廣則政令難張，醜類得肆其志，良民不得安樂，是故足自備自衛之要，激成漢人集親糾族之俗，尊崇祖先雖出人性之自然，抑亦可應上述之要求，以敦族人之義，以結禦外之力，蓋亦美哉。但更由一面觀之，漢人似乎過於守舊，使其文明傾於保守之弊，孔子曰：「三年無改於父之道，可謂孝矣」，如孔子之聖，尚以此等守舊為理想，況一般之凡人乎?使漢人性格中，再添革新進取之氣象，孰能直料中華文獻，不加今日歐米文明之上耶，殊可惜哉。雖然，今日者可免悲觀，余信今後之情勢，克使其進守兩面，漸現調和，而家族制度亦必愈換其面目，人心一新，除盡從來滯積，造就一種新文明，饗人類以幸福，斷非痴人之夢想也。更就重質實之點，聊為數言，夫子曾曰：「禮與其奢也，寧儉」又曰：「麻冕禮也，今日純儉，吾從眾」又曰：「先進於禮樂野人也，後進於禮樂君子也，如用之則吾從先進」依此等聖訓，戒飾無用之華費，邀致質樸之美風，誠足見聖人先得人心之本領，為漢人理想之中柱也。然余私謂漢族，則似乎因其過於愛好實質，釀成許多可憂可慮之現象焉。回溯往昔，中原稱禮樂之域，豈料今日禮則全拘於形式，樂則殆歸於疏荒，美術又不甚發展，唯一部文人騷客聊露其風雅興趣於華墨之上而已，其餘則終日以計衣食，無所謂娛樂起興之謀，美的生活在漢人社會幾乎不克而見，深可悲之。憶前以科學未甚進步，生產有限，需用無窮，人人困於生業，故無暇及乎涵養情操，實亦勢所使然，無如為人之特色，純在其能審美樂美之間，是故情的教養，不可有缺，美的設也，最為關要耳。總而言之，漢族之固有性，於大體可謂真且善矣，若再加以教育之功，其必晉於盡美也無疑矣。

原發表於《台灣青年》第二卷第三號

巻頭の辭（一九二一、六、十五）

昨夏七月呱呱の声を挙げて生れて来た本誌『台湾青年』は、烏兎匆匆、最早一周年となり、赤子ならば将に立たうとする頃、匐へば立て、立てば歩めと云ふ親心を以てすれば、吾々も之に対する一日も早く脛なくして走れることを祈るの人情を有たねばならぬ。

渾濁世間の権勢を離れ、名利を超越したる吾島民唯一の言論機関であつて、而かも純真なる精神と高潔なる理想とを抱ける同胞青年の文化運動の先駆である所の本誌は在京同志の毅力奮闘、拮据経営してより、僅か一歳とは云へ、人道正義の声、自由平等の叫びの響いた所、豈に之に感応せざる兄姉弟妹があらうか。

青年の表象は溌剌快活であり、其の理想は進取的、革新的、創造的、自動的である。彼の頑迷なる老人の如き萎縮恐怖な容態、且つ退嬰的、因襲的、守旧的，受動的な旧思想とは自ら其の特徴を異にせざる得ない。茲に於て乎、澎湃たる時潮に激成せられたる熱烈なる青年の言論は、動もすれば、現社会に固着して居た情性的勢力を持続せんとする旧思想の為め、或は過激視し、或は嫌忌視せらるゝ、実に已むを得ない所である。

されど吾々青年の理想とする所、使命とする所は、実に吾島の現境を総ての圧制より解放せしめて、秩序ある自由な文化的社会生活を実現せしめ、以て世界改造の大業に幾分にても貢献しやうとするに在る。而して之を果すには如何なる外力よりの障害も、将た如何なる旧思想よりの排撃も、之に対抗すべき覚悟を有つてゐるものである。歳月は吾人を待たず、世事は新陳代謝する。苟くも相当する意気と抱負とを以て、些か努力して来た『台湾青年』は今後に於ても変りなく唯初志貫徹に新文明の曙光を望みつゝ一層の奮闘を続くべきのみである。希くば新時代の先覚者を以て任ずる人、新文化運動に参与せんと欲する人、社会の健全なる発達を促進せんと図る人、悉く来りて此の正に立たうとする満一歳の『台湾青年』を協援せられよ。

原發表於《台灣青年》第二卷第五號

巻頭辭（一九二一、七、十五）

台湾青年が呱々の声を挙げて茲に一週年となつた。此間内臺人士各位の熱烈なる御援助によりて日々成育発達して来たので厚く感謝しなければならぬ。思ふに我台湾青年の使命は既に発刊当時に於て宣言した通り内に対しては台湾の文化を向上発達せしめ、併て内台人間に存する障壁を除去し以て相互の和睦を図り、外に対しては日華親善の連鎖たる我台湾人士の天職を覚知せしめ、以て日華親善に資せんとするものである。而して内台人の和睦日華の親善は実に東洋永遠の平和の基礎である。東洋永遠の平和の基礎を築造する事は即ち台湾青年の使命であることを自覚する。台湾青年の責任の重大なる敢て多言を要しない。台湾青年は自己の使命を語り自己の責任を感じて過去一年間悪戦苦闘して来た。其得た結果は意外に僅少であつたことを熟く感じたが。是固より我努力の足らざる所にも依るが主として多年来の因襲的惰性を打破するの困難に起因するだらうと思ふ、正義は最後の優勝者である、假令過去一年間に於て努力した結果が極僅少であつたとしても決して我台湾青年の志を挫折するに足らず。反つてこれが興奮剤となつて我努力を刺激するものである。台湾青年の努力如何によりて将来に於ては必ず其使命を果すことが出来ると確信する。

台湾青年は斯の如く夙に目を東洋の大局に注いで専ら正義人道のために奮闘するけれども、時には世間に誤解せられ、或は社会から嫉妬視せられて大いて犠牲を拂はなければならぬことがある事も覚悟して居る。見よ孔子が仁道を天下に布かんと欲して列国の間を奔走したけれども一生不遇で終り、基督が博愛の精神を鼓吹せんがために奮起したけれども、僅か三個年足らずで十字架上の人となったではないか。凡そ先覚者たるべきものは、必ず嫉妬犧牲を受くべきものである。台湾青年は先覚者を以て自ら任ずる以上は犧牲を拂ふべきこと固より当然と云ふ外はない。台湾青年の生命は正義人道自由平等に在り、換言すれば吾人の果さんとする所の使命に在るのである。台灣青年は茲に一週年の誕生日に際し過去一箇年の無事に發達して来たことを祝すると同時に今後一層奮闘すべきことを自覚する。併せて内台人士各位の益愛を垂れ以て此微弱なる台湾青年をして一日も早く其使命を果せしめられん様切に御祈り申します。

原發表於《台灣青年》第三卷第一號

二箇年振りの帰台（一九二一、七、十五）

予は去る四月十五日出京十六日神戸出帆の信濃丸で帰臺、六月十四日に再び入京した。都合一ケ月半の間台湾西海岸鉄道沿線の各地を比較的広い範囲に亘つて旅行したので、友人達から随分感想談を求められた。近視眼的の予なれば実際看取し得た処も少く、又即座に括めて応答することも出来得なかつた次第、茲に管見の一端を述べてその責を塞ぐことゝせう。

今更感ずる我島の美麗さ　四月の中程と云へば内地では、丁度櫻花爛漫の季節ではあるが、堤上の垂柳はヤツト幼緑を萌したばかり、松杉の緑を除いた外は大抵冬枯の有様に近い。それに単調なる四日間の海上生活から脱れたばかりの予の眼に映じた我が台湾の美麗さは、実に今更に此れ程かと驚嘆せしめられた。誠に景中に立つ人よりも景外に在る者の方がよくその景趣の真価を得るもので、且つ以前の帰台は何れも夏の真最中同じ緑だと云つても暗緑の方であつて、此処看た全島を被ふ緑はそれと違ひ一種何んとも云へない程の生気に充満した新緑翠緑であた。北部に於ける相思の並木、中部に於ける水田の嘉禾、殊に大肚山西麓に於ける曠大な稲の海、又南部に於ける大榕樹、竹籔、問題の甘蔗畑等の如き、特に濁水橋上より眺めた竹山一帯の翠色と中央山脈の雄壮は、真に藺人をしてFormosaと痛称せしめるに足るの真価があると今更予は一層深く悟った次第である。諸君我台湾島は、実に天成美麗の楽園であるのだ。

趣味に乏しき同胞の生活　我が台湾島内の自然美はそれ程立派であるにも拘はらず、一度我が同胞の生活範囲に視線を向けると予は常に一種寂しき情緒に強く撃たれる。人工美即ち芸術美なるものは殆ど我島内に存せぬかの如き感がする。この美的生活、趣味の生活に於いて我が同胞が大なる缺陥を持って居ることを是非相互に早く自覚して欲しい。此の缺陥の為めに幾千年の旧き経験より拾得建設された大文明を他より否認されようとするのを見るときに、誠に長嘆息を禁じ得ない。予は決して喜んで自ら貶したくはない、また自分のことを棚に上げて他人の缺点をのみ曝ししたくもない、唯言ふべきを言ひ、為すべきを為したく思ふげかりである。此の旅行の大部は赤の三等に乗車したのであるが、前記自然美の方面から予は随分疲れを医されたけれども、同胞の最大多数を占める階級を代表した人々と同座し、その挙止進退を注意して觀て居ると、丰采の揚らないのは別として、泥土に塗れた洗足で座席を蹈んだり、啖唾を処構はずに吐いたり、大声で叫んだりするを実見して心苦しく感じた。その苦しさに堪へ切れず、静にその側へ席を移し暫くはよい加減の話をなして後に、其の行為に対し婉曲に勧告を試みたことが何回あつたか知れない。然し予はまた大に感謝と慰めを得た、と云ふのは予の願ひは一度も拒絶を受けたことがない、努めて数年の間こんなことでもしてゐれば車中の風儀も必ず一変して善くなる思うた。一歩進めて家庭に入つて見給へ、家中の設備装飾は千篇一律極めて単純な有様、譬へ設備の点に於て見るべきものがあつても整頓の行届ける所は誠に少ない。即ち多くの者は力を尽してその趣味嗜好を実生活の上に発揮して、各自の特質を表現しようとせず、ズツト伝統的に継襲してゐるのは取りも直さず、我が同胞の趣味の低きを立証するのでないか、更に社交的娯楽方面から観た。先づ社交的娯楽機関として何を挙げよう、演劇?・音楽?・運動競技?・書画彫刻?・何に一つ挙げて語るべきを乙発見しない、強いて挙げるならば一部文人に依つて造られた吟社位のものであらう。此度は特に演劇の極めて低級なるを観て悲んだ。社会の教化事業として民衆の趣味生活の向上を謀る手段として予は演劇事業に多大の嘱望を抱き有志諸君と真摯に考究したいと思ふ。予は同胞の趣味生活について更に一言附け加へたいのは、各地に於ける倶楽部の急設である。成程相当の市街ならば夫々倶楽部の設が既に前からあるが、それは内地人側の専有か、役所吏員の為に特設されたものである。予の茲に云ふ倶楽部はそんなものでなく、官民、内臺人の別、そんなことに頓着せず、広い範囲の同志者が相倚合つて、共に隔意牽束されることなく楽みを享け得る団体、即ち社交的機関を急設されんことを切望する。而も体育的のものが特に必要である。徒に形式と情実に囚れて地方の官長を頭に戴かねば態裁が悪いとか、金銭を浪費して服装の展覧、飲食の集会となるやうなことでは駄目である。現代の台湾青年はまう早や斯る方面に向つて極めて自由独歩の態度でその驥足を伸すべきである。今回も各地で青年会とか何々会とかで盛んに地方団体を組織せうとする気分が瀰漫してゐるのを認めた、甚だ欣しい趨勢ですけれども、モツト自発的に形式と情実に拘泥しないで堅実にやつて貰へるやうになつたらば、更に歓しいことである。兎に角予は此度の帰台によつて一層同胞の趣味に乏しきを深く悟り、その救済に就いて広く同感の士と講究したい。趣味の向上は大切である。趣味なき者はそれ自身精神的荒廃堕落を来すは勿論他人に接する際甚だ寂寞不快の感を起させる人格上の大問題たるを悟らねばならぬ。吾々は他人に自己の人格を尊重することを求むると共に自ら内に向つて人格完美を計り他人の精神生活に潤澤を添へるやう心懸けるは肝要である。

人心振作を計るの急

斯く自分は我が本島人同胞の甚だ趣味に缺けたるを遺憾に思ふが、更に予をして焦慮せしめる、より重大な問題が存する。一言にして云へば、精神が活潑でなく、意気消沈して甚だ振はず、鎖国的心理状態に陥つてゐる点である。諸君、街上の行人や車中の旅客の顔をば何んと見るでせうか、生気のない、憂鬱な、顔ばかりではないか。或はそれ等は疲労の結果であると云ふかもしれぬ、然らば閑散な境涯に在る智識階級の漢学者達に逢つて見るがよい、此等は最も精神的に生々した余裕のあるべき人達であるけれど予は夫れ等に対する毎に一種云ふべからざる悲哀の情に襲はれる。陰では随分不平不満を切歯して云ふ、何故それを陽に叫ぶの勇気を持たぬか、正義公道の為めに何故に今少し真摯熱烈な感情と決断を以て主張せぬであらうかと詰れば、何時も、君達は一介の白面書生で自由の天地に棲息してゐる、自分等は罪人に似たる監視の下に在つて機嫌取りの言葉が足らなければ直にその日の安寧に懸る状態であるのに、そんな気焔は夢にもないと反駁される。阿諛を上手に使ふのは我が島に於ける唯一の処世法であかの如く同胞が誤信してゐる。此度も各地で色々珍奇な話を聞いて来た。其中に、或市で共学を許された児童の入学式の後に市尹が父兄に尋れて云ふに「公学校でも教育が出来る理であるものを君等は何故に小学で共学するを希望するか」と。一父兄が大声して云ふに「公学校でも国語を憶へたり色々内地風の進退動作に馴れさせることが出来るけれども、小学校で共学をさせて頂けば一層早く内地風に近づき国民性の涵養が立派に成就すると考へるからである」と天晴に答へた。これを聞いた市尹殿は大喜び、傍の内地人は随分擽つたく覚えたと云ふことだ。更に珍奇なのは台湾総督の最高顧問たる勅任待遇の資格ある総督府評議員に挙げられた九名の本島人議員先生の中に、その辞令を双手に捧じて腰を曲げ声を低うして州廳の下級吏員や銀行の使用人に挨拶をして廻つたものさへあつたとのこと。斯る塩梅であるから箝口して何も云はぬ者の方は余程気骨あるものと云はねばならぬ。それで此度も台北で下村長官にお逢した時に「自分は地方の民情を知りたい為めに最近各地に於て主要な者数人づゝに面接し努めてその意見なり希望を聴取せうと思つたが一向云つて呉れなんだ」と長官は不思議さうに残念がられた。まう相当に久しく台湾に在任せられた下村長官のことであるからこんなことのあるべきは遠から知らるゝ筈であると思つたけれども、その御返答に予は「誠に有難い御試みである一度だけで直ぐとは參らぬでせうが、これなら二度三度と重ねられた後には、必ず御誠意に感じで申すやうになると思ひます」と云つた。また或る知事と話した時にも此の点についてその経験談として「さうだ正々堂々でものを云ふ者が誠に少いね、反つて時々心にもないお褒めをもらつて当惑することがある、自分が廳長として内地から赴任したばかりの時分のことだが、支廳長が管下の紳士を率れて来て「今年は天候順調で穀物頗る豊作、是れ偏に廳長殿の御蔭で御座る」と云はれてその返答に窮したことがあつた」と語られて互に苦笑した。斯様に真実を語らず阿諛を使ふものが我が同胞の中に少くないことは誠に悲しい。これでは人間としての権威が全く失墜するではないか、否既に以前から失墜してゐる。此の救済の法は果して如何であらうか。予輩は此の人心の鬱積を開放せずんば我が島は遂に百鬼夜行の修羅場と化して終ふことを恐れる。

老校長の卓説　予は茲に至つて某老校長の卓説を思出す、実に最善の參考資料あり、且つ彼れは台湾青年が彼れの説を服膺すべく切望して居るからその大畧を記して見よう。「是非君（予を指す）に会つて豫々考へて居ることを聞いて貰はうと思つてゐるところ、今夜此の席上で君に所見を云ふ機会を得たのは誠に満足の至りだ」と冒頭され其顏に厳粛の度を加へて云ふに「台湾青年雑誌で君等は常に自由々々と乱叫するが、一体世には自由なるものゝあるべき筈がない。若しあるとせばそれは浅薄な西洋被りの考である。我が大和魂の所有者には毫頭斯る迷想を持たぬ。我が大和魂の精神では宇宙間に於て主動と受動の二体あるを認め主動体は即ち一切発動の根源で命令を出す処、これは単一しかない。畏れ多くも我が皇室は即ちそれである。受動体は即ち命令を受けて動くものであるが故にこれには服従あるのみ、吾々は即ちそれだ。斯くの如く大和魂は即ち献身服従の大精神であって自由を許す理がない。然るに君等は好んで自由を云謂するは誠に不謹慎の極みである。また君等は政治を云ふ癖があって台湾青年雑誌は殆ど政治論を以て充されて居る。一体支那民族は好んで政治を論ずる為にその国はあゝした様に陥つたのだ。君等は既に日本臣民となつた以上はそれを改めねばならぬ。二十六年以来の善政のお蔭で君等は何れ程慶澤を受けたであらう。今後も一切の施設を内地人官民が従来と同様に着々処理経営して行くのであるから、君等は宜しくそれに信頼して云はれる儘に随いて行きさへすれば必ずより大なる幸福を享けるに違ひない。更に一つ是非云つて置きたいのは、台湾人に由つて日支親善を計るべしと云ふことである。台湾人に由つて日支親善を計らうとするは丁度百年河清を待つと等しい者だ。一部の人は台湾人は漢民族であるから親善を謀る媒介として最も適当であると云ふ、それは全然誤謬である。台湾人が自分等は漢民族であると思ふからには決して日本に好意を抱く理がない。台湾青年雑誌でも吾々は四千余年の歴史を有する漢民族であると大声疾呼するが、それは甚だ不都合千萬である。何時までも漢民族で在りたいならば馬関条約当時に二ヶ年の猶豫期間を与へたのに何故に支那へ還らぬか。二十六年後の今日になつて我は漢民族であると称へて憚らないのは勝手過ぎである。これは、我は数千年の歴史ある朝鮮民族であると名告るものと同一系統であつて不逞鮮人に対するそれは不逞台人となるべき者である。台湾人たるものは一日も早くその漢民族たるの観念を忘却し、大和民族の一員となることに向つて全力を尽さねばならぬ。台湾人によつて、日支親善を計ることは到底夢にもないことだ」と先生は愈熱して愈得意顔で怒号した。終りに彼れは親切さうに「君等は若しこれから後に自由を叫ばず、政治に口を插入れないやう筆を執るならば、我輩も台湾青年雑誌の愛読者の一人となり、のみならず広く購読勧誘をしてやらう。けれども相変らずその方針で進むならば飽くまで反対する」と結んだ。此の先生はまう二十年ばかり台湾で教鞭を執つて来た有力な老公学校長である。人心の閉鎖を来し易い台湾孤島に斯る思想の所有主が本島教育界に二十年も幅をきかして来ることが出来たと想到するときに、本島社会の一般を推知するに足り、本島人同胞が気骨なさゝうに阿諛を使はざるを得ぬ病源を発見するであらう、予は切言する、本島に於ける物質上の施設は幾分世界の大勢に添ひ相当の発達を遂げた、これに反して精神界に関しては誠に萎靡不振錯雑混沌の状態であつて、道義は棄たれて権勢独り振ひ、人格の価値認められずして黄金の閃光徒に人目を引く、事物の専有を擅にして心情の交換を意に介しない首尾顚倒した末世の有様である。予は久しき以前より此の島を指して虚偽の交換場、詐欺師の住家と云つたが、今に至つても尚我が言を取消すの時機にあらざるを見て痛く悲む次第である。下村長官が各地有力者の意見を開陳せぬことに対して遺憾に思はれたのは正に理由のあることで、予は賢明なる長官並に他の当局各位に敢て一言呈せんと考へるのは、即ちその箝口沈默の根源に一歩立入りて真相を闡明し適切な救済の道を速かに講ぜられんことである。これと共に憂国憂世の諸彦には時流の濁浪に翻弄されず所信の在る処を侃々諤々些少の忌憚もなく主張し発言せられんこと切望に堪へない。前記老校長の如き自由を無視し機械的絶対服従を強要し歴史人情道義を否認するものが島中を縦横無尽に横行濶歩するやうなことでは内台人間の融和は到底見込みなく、人心を益々暗黒に導くであらう。(老校長に対し予はその席上多勢の地方有力の前で誠実と礼譲を以て聊か所感を述べた。茲にはそれを記す要がないから省畧することにした。)

官民関係に於ける一進歩 官尊民卑の観念を有するのは東洋人の通弊であるが我が台湾に於ける官僚的色彩は殊に濃厚である。さりながら二ヶ年以前に与へられた印象を今日の感触に比較すれば、そこには僅かでも確に一進歩あるを認めて喜んだ、在来ならば総督長官は夫こそ絶対神聖であつて地方の官長でさへもさう容易に近寄れる者でない。近寄れても言葉少く随分厳しく懼しかつた。然るに此度は予の直覚に依るのみでなく、各地に於ける一般の感じを聞く度に殆ど異口同音で予の感じを保証された。予が最も意を強うせられたのは各地の役所に於ける首要な椅子を割合に多くの理解ある年少気鋭の士によつて占められてゐることである。また老年輩の中にも在来と変つて幾分打解けた振舞と誠意ある親切を以て部下の報告のみに依らず土地の有力者有志者に面接して民情を聴取したり意見の交換を計つたりしてゐる方が在るのを見聞して何より欣しく思うた。苗栗の白頭郡守清水氏の如きは正に尊敬すべき其の一人である。老齢の氏は、在来のやうな官僚臭を帯びないばかりでなく暇を造つては輌にも来らず双脚を運んでその管下の山野を跋渉し務めて民情の実際に接するその熱心さは実に感ずべきことである。兎に角地方の首脳官吏には過去に比べて割合に多く適材を得てゐること〻、全島を充塞せる官僚臭が幾分稀薄されて来た徴候を認め得たのは、予が此度獲た印象中の最も歓しき点である。

旧態を脱せぬ警察界　併し惜しい哉此の感覚は極狭い範囲に於てゞあつて、一般の公衆に接する最大部分の下級官吏は従来と大差なく特に警察方面がさうである。此の方面では地方制度改正の結果その権限を縮少なされた為めに少からず不満に思ひその気晴しに人民や街庄役場に当散らすこともあるやうだし上官に無稽な報告をすることもあるさうだと聞いた。予は此度耳にした多くの新実例から数例を挙げてその大体の工合を記し以て識者の参考に提供せう。先きに北部から、而もそれは台湾の政治中心点たる台北市で起つた喜劇で、予の友人某が女中同様の態になつて一生懸命に家中の掃除を行つてゐる最中に、ドンと門を押し開きて皮靴の音厳しく「オイオイ」と叫びつ〻家に蓦入し友人の居室までいつた警官が現はれた。其の友人は酷く吃驚して「オイなるものは此処にゐない」と答へた。警官は眼を圓くして「オマへは甚だ生意気だ、何々の手続きがまだ済まぬから派出所まで来い」と厳命した。友人は「私は戸主でないからそんなことは知らない戸主に話しませう」と告げたのに対して、警官は「早く来い云ふことをきかぬと罰するぞ」と。友人は「罰されても五十銭位の過怠金でせう自由になさい」と云つたら「此の徽章を見ないか、これは天皇陛下から賜つた御紋章だこれさへあれば擲るも何うするも乃公の勝手だと知らぬか」と怒号したと云ふことである。新竹では街で醫學校出身の開業医と本島人の巡査が互に行き触れて煙草を落したことから口論を始め、丁度通掛りの二三の内地人巡査警部補に逢ひ、本島人巡査は開業医が自分を擲つたと告げるや否や、警部補を始め巡査は憐れにも其の開業医を打つやら擲るやら遂に路上に蹴り倒してその上縄で縛り上げて役所へ引張つて行き一夜拘留した。街中の本島人殊にその同業者は極度に憤激して代表を出して該警部補につき顛末を聞かうとしたら、無法にも「擲り度かつたから擲つたまでのことだ、服しないなら告訴して見るがよい」と傲語したさうである。斯様にそれ等の警官は多くの本島人有識者を向にまはして、その威光の偉大なるを示し公衆の魂を抜かうとした。嘉義では国語学校卒業の一青年が料理屋でデツカンシヨ一節を歌ひ、「ヨイヨイ、デモクラシイ」と唱つたのを隣席にある私服の警官は「デモクラシイ」と云ふのを止めろと禁止した。青年は「デモクラシイは現代の常套語でそれに君は何んで僕に命令するか」と詰ればその人は自分が警官であると名告り、青年が信じない為めに業々正服に着換へて来て縄を示して云ふに「再びデモクラシイを云ふならばこれを見舞はせう」と。同じく嘉義街での出来ごとですが、戸籍調査の警官が或会社に就職してゐる者の老母に戸籍上の事を尋ねたところ、一向その意が通じないので警官が立腹して老婦を酷く擲つてその場を去つた。後でその子が承知せず告訴せうとしたら仲裁者の言に依つて該巡査は遂に誤りを云ふことに定り、その云ひやうが大変振つてゐる、「自分は色々尋ねたけれども一寸も要領を得ないから遂に腹立しくなつてそのことに及んだのである。且つその日も決して君の母だけを擲つたのでないから……」と。更に一例を挙げて止めにしよう、阿緱即ち今の屏東辺で起つたことですが、前々より保甲会議等の会場に当てるためにその地の教会堂を借りて使ふ例がある。然るにその後主任の牧師が変り、会堂も新いのを建築した。警官がまた前例に倣つて新牧師に対し新会堂借用のことを申込んだ処、牧師は「会堂は専ら礼拝に用ふので旧い方なら……」と云ふと警官殿は承知せず頻に牧師の不徳を責めた。遂に牧師はその地の警察課長の前に叫出されて、「保甲会議は地方での重要な集会であるのに何故借さぬか」と課長が聞いた。牧師は「新しい会堂が出来たのをよき励しとして従前より一層会堂内の謹厳を守りたいので喫煙等をされると如何と思ふから旧い方で間に合せて、頂きたい」と。課長殿は赫どなつて「会に集る者は何れも当地の有力者、それ等が跣足の汚い信者よりも教会の厳粛を失すると思ふか」と詰責した、尚語勢を強めて「お前は斯様に不親切であるならば警官から如何なることで何うされても保証するところでない」と。終にはその権勢に圧倒されて新会堂は従前の通り御用に供せられて、牧師は憤慨の余りその地を去つたと云ふこともある。以上記した数例は何れも耳目の多い市街地で耳に入つたのであるが、少しく偏鄙な場所になつたらまた幾何でも奇々怪々の珍事件があるのを見逸してはならぬ。当局にして真に民意の表現を希ふならば斯る点に対しては何か一層の配慮を願ひ度きものである。長官が歎かれる人心の閉鎖も実はその因の大部が茲に存する。中部に在る某高等係の首脳者がその所感を述べて「予は內地に返り官吏対人民、特に警官対民衆の関係を見て誠に教へられるところが多かつた、本島の官吏殊に警察官には是非一度その実地見学をして貰ひ度いものだ」と。予は本島警察界で偶々斯る達識の士に際会し得たによつて少からず慰められた。

今昔相変らざる人夫徴発の問題　二十六年来の台湾当局はその全力を尽して各種の事業を興された。其の度に莫大な労力を要し、若し正当な手段で行はれたならば島内の労働者は確に優良なる生活を為し得る理であるのに、事実はこれに反し救ふべからざる貧民が逐年その数を激増してゐるに顧れば転た寒心に堪へない。それは乱に無償の夫役を課せられるによつて、農民はその業を失し一般労働者はその職を得ないからである。最近の問題として昨年の春より起工された本島の西平野を北から南へ縦貫せしめた内地で曽て見ない大道が即ち其の尤も顕著な例である。此の道路の幅は八間だと云ふがその実両側の土を掘られた分を合せると十間位になる、その長さは幾何か知らないが百里だとしても、土地一甲の時価を千圓と見積ればその金額は莫大なものとなるではないか。これは官から一文も出さずして凡て土地所有者の寄附に懸り、またその工事に要する労力は途の遠近と時の適否を問はず、民衆は弁当携帯で勝手に徴発されて労役に従事した。即ち無一文で当局は彼程の大工事を完成した、何んと云ふ偉大な権力であらう。また此程柔順な民衆は日本国中に幾何在るであらうか。当局がその大業の成就を喜ぶ反面に、往昔萬里長城の専暴に対するやうな怨声が島民の喉頭で唸らなければ甚だ幸である。尚ほ此の縦貫道路について予は二つの疑問を持つてゐる。其一は、当局は時を選ばず一気呵成で此の道路を築造した理由を知らない。予の注意して見た処では切角築き上げた坦々たる大道には未だ人跡さへなく只雑草だけが得意顔で涼風に酔うてゐるを見た。それによれば当局は急に此道を必要とするでないらしい。若し予の推測が外れないならば、当局は何故その必要な時になつてから例の筆法で一気呵成に造らないだらうか、或は農時などを見計つて人民が業を失しない程度にその余力を以つて造らせるやうにしたならば、農民は現に雑草茫々の道路から余計に生産を得るか、或は正業に安じて、結局余分の利益を得て土地と労力を強要せられた損害を幾分なりとも補ひ得た理ではないか。人民の正業を失はしめてまで夫れ程に急いで造つた道路を徒に雑草の楽園に化せしめてゐる理由を予は了解に困むのです。其二は、八間の幅を有する道路に当局が僅二間ばかりの橋を架けるは何の為めであるか。八間幅の道では便利し過ぎるから便利が少くなるやうに制限をつける為めであるか、はたまた経費の不足からであるか、若し経費不足のためであれば例の手段で早く調達が出来るではないか、又島民に於ても十圓を取らねれて二間幅の橋を観るよりか、十二圓を取られて六間か八間幅の方を眺めるが余程楽しいと思ふであらろ。斯く申せばとて予は決して道路を造つたそのことに彼れ此れ云ふのでなく、全く手段と設計及び時機の問題について感じた儘を述べた次第である。而して斯の如き無償労役を課することは官民共にその得失利害を深く考察し斯る非理な手段は早く止むべきと信ずる。

初等教育の現状　本島に於ける初等教育の普及は義務教育の実施に俟つべきこと論ずるまでもない、島民は何れもこれを主張しまた現当局も理想としてこれを承認されて居る。唯当局は島民向学心の薄弱と経費の缺乏と教員の拂底を理由として未だ曽てその実施の計画をなされたことがない。尤も田総督は赴任されて直ぐにその大体の調査をなされて此度新く造られた評議会の第一回会議にも三種の立案を具して諮詢されたと云ふことである。過去の当局は前記の理由を挙げて義務教育実施の尚早を称へるのは甚だよくその本島教育に不熱心なるを自証するものでなからうか。向学心の薄弱は実施尚早の賛成理由とならずして反つて急設を主張するものに根據を与へる。経費缺乏して島民その負担に堪へずと言ふは決して然らず、他の冗費を省き、事業の本末を正しく辨へさへすれば余裕綽々たるべき筈である。生蕃討伐の為に果して幾千萬圓の巨費を支出したであらうか、官衙学校の建築物に対して掛けた金を節約せば幾何になるであらう。金がないと云ふが台湾は銅像の展覧会場と化せうとして居る。民が精神的に餓死せんとしてゐるに、彼程の豪奢を尽した外国の宮殿にも勝る大官邸に居らるゝ総督の御気持は十分に察せられる。此度の縦貫道路は五年十年の後に造られても決して遅くはないと信ずる。金がないのでなく金が虐待を受けたのである。教員拂底の点に至つては益々二十六年来の台湾当局が教育に対して不用意であつたことを赤裸裸に説明したものではなからうか。本島教育の教員は内地よりこれを迎へるは大切に相違ない、されど本島人中よりその大部分を選抜登庸すべきは明白である。然るにも拘らず昨年までは全島を通じて一つの独立した教員養成所も無く、その結果として遂に今日の苦境を招致したではないか。しかも当局は本島人教員を眼中に置かず、その進路を塞ぎ一校の長たるの地位を与へざるのみならず、その日々のなすことは必ず內地人の同僚によつて監督される仕組にして来た。更にその給料は他の職に在るものよりも薄く（尤も現在は少しくよいとか）遂に精神物質の総攻めを受けて意気地なきものだけが教員に居残ると云ふやうな観念を形成せしめたのでなからうか。以上記したとは凡て過去に属することなれど予は将来を慎むために決してそれを不問に附し度はない、現当局がこの義務教育に熱心を有せらるるを吾々が知つて欣ふべきと共に、過去の失策については吾々は明確にこれを反省する必要を一層痛感する。目下当局は公学校卒業のものに一年位の補習教育を授けてそれ等をして立派に人の師たる職を執らしめて居るやうな窮策を採つてゐるが、此の代用教員の数は懼く勿れ六割以上（全教員の）あるを見るに当つては実に遺憾千萬の次第である。堂々たる校舎の中でお人形のやうな此等の先生が斯くまでも多く集つたと云ふことはまた以て珍無類の奇現象として聊か滑稽の感を催すに足るべく、また現当局の苦衷もこれに由つて十分に察せらるるのである。けれども子を持つ親達の内心に至つては吾々は特に一段の同情を拂ふべきではなからうか。アヽ困しき哉現下の台湾教育!!

頼しきは矢張り青年　予は此の旅行で可なり多くの人に会ひ、そして前記の如く余り善からざる印象も受けたが、青年同胞に面晤する度に何んとなく一種頼しき感を与へられた。青年は実に読んで字の如く、青春の気に充ちた勃々として抑へやうとも能はざる至誠の心と高潔な理想の所有主であつて、因襲と情実に囚はれて堆積した世俗の惰気は凡てその勇躍猛進の力で芟除されること各国歴史の証するところである。我が青年同胞もこの数に漏れずして、社会の表面に立てる所謂紳士なるものが花蜜に有りつく蝴蝶のやうに、名利を漁るに忙しく社会の不振同胞の憂戚を顧みざるに反して、正義を愛して廉恥を重じ、極度の侮蔑と圧迫に遭つても毅然として立つものは独り年少気鋭の青年同胞である。前記の如き警官の横暴に対して幾分抗論の勇を持ち表面の問題と為さしめたのは凡て青年の士であつて、又事業方面でも幾分生気を帯びた者は矢張り青年の腕で起された。新高銀行の如きはその最善の標本なりと云ふべく、予は其の本店と各地に散在せる支店に於ける青年同胞の元気横溢なる働振りを拝見し而もそれは内地人の社員と或は教へ或は教へられして工合よく活動せる所を実見し実に無量の喜悦を覚えた。李延禧君の此の偉業に対して予は衷心よりその過去創業の艱辛を察し、彼れが台湾青年の為めに萬丈の気焔を吐いた功績に対して深甚なる敬意を抱くものである。希くば同君幾種の難関を打抜いて挫折するなく幾多の猜忌嫉妬を受流しにして心に留めず、堅忍自重所信に向つて益々勇進されんとを切望に堪へない。敬愛する我が青年同胞！　時代が吾人の蹶起を要求するを自覚せよ、驕奢淫逸に趨ることなく、理想に生きて理性の本来に還り、過去の歴史で造られた因襲的偏見に固執せずして、人類の公道たる自由平等博愛の擁護者として誠意と達識の内地人士あるを見失ふことなく。努めてそれ等と和衷協力して内台人間の障壁を打破し、心地よき住家として我が台湾島を精神上からも物質上からも改造建設するを吾人の天職として自任自重あらんこと予は満腔の敬意と期待を以てこれを祝し、併せて諸君の御鞭撻を仰ぎたいと存じます。

原發表於《台灣青年》第三卷第一號

隔二年後之歸台（一九二一、八）

余四月十五日出發東京，十六日神戶搭火輪信濃丸，歸省台灣，至六月十四日，再來東京，其間約四十餘日，旅行西部海岸鐵道沿線各地，到處多遇舊友，細敘寒暄，暢述舊情，頗快。今將旅行中所感想者，略舉其一端，以供諸君清覽。

深感我台島之秀麗，四月中旬，在內地雖有櫻花盛開，並有堤土之垂柳，初發新芽，及松杉之青翠而外，其餘則尚葉落枝枯，無一可賞之物，加之在海上上四日間，經乾燥無味之生活，故一至台灣，見花卉草木，爭妍競秀，紅紅綠綠，其秀麗佳景深激吾之眼矣。以前在留學之時，每夏雖曾歸省台灣，然時皆在盛夏之中，故草木之色，過於暗綠。生氣充滿之貌，最佳如北部道傍之相思樹，中部水田之禾稻，南部之大松樹，甘蔗畑。又在濁水溪上眺望竹山一帶之翠色，及中央山脈之雄觀，歐洲蘭人稱台灣曰美麗島，信哉是言也。我台島乃天生自然之大公園也。

同胞生活乏趣味

台灣自然景致雖佳，然觀我同胞之生活，頗乏趣味，使余常生一種悲情。人工美則是藝術美，在台灣幾乎不可見矣。缺欠美的生活，缺乏趣味生活乃我同胞之短處，不可不自覺。我漢民族自四千年前已建設一大文明，與西洋文明併稱為世界二大文明，今以缺乏趣味，過於質野，遂致招外人之侮辱，誠可嘆也。余固非欲自棄自毀我同胞，然亦不屑隱我同胞之惡，而亂謗他人之非。唯有直言不偽以是為是，以非為非而已。此次在台灣旅行之時，概乘三等車，接觸我同胞中下流階級之人最多，細觀其舉動進退，不獨手采不揚，又以污足濫蹈椅上，啖涎亂唾，不覺心中生苦，故余徐步進於其側，與之言談良久，始以婉曲之言，戒其行為，如斯者屢次，幸而凡所勸告者，未曾受其拒絕皆欣然相聽，此乃余最喜慰之事也。故若能如此，相勸數年，則車中旅客之舉動容儀必可一變。再於一般家庭內視之，見其家中設備裝飾，大都千篇一律，惟知繼襲舊套，罕有能發揮其趣味之特色，非乏乎器什品具，然其布置陳設，只草草了事不用心研究者多，可證同胞美的生活之幼稚焉。更觀其社交娛樂方面，演劇、音樂、運動、競技、書畫、彫刻各種，堪舉而語人者幾多，倘有可稱之為娛樂機關者，其為一部文人所創之吟社歟。至於舊舊來演劇之低劣，實令人不堪卒睹，夫演劇者，乃社會教化機關之一，對民眾趣味生活，頗有補益，余甚重之，願與同志之士研究，以圖改善。余為向上同胞之趣味，希望各地速創俱樂部，現在各地雖有多少俱樂部，乃屬內地人之專有，或是衙門官吏所創設。余所希望者，非此種之俱樂部，乃廣集同志，不拘上下貧富，得共享歡樂之俱樂部是也。關於體育者更妙，目下各地青年，擬組織青年會或其他之意見頗盛，為最可喜之一現象也。凡圖向上美的生活，最屬緊要，缺乏趣味者，則其精神荒涼乾燥，他人接之必起惡感，而招人侮辱。吾人欲求他人尊重自己之人格，必先完成自己之人格也。

宜急振作人心

余旅行中，又感我同胞一般意氣消沈，丰采不振，宛若喪神者，街上行人，車中乘客殆無活潑之氣象，皆帶憂鬱之色，其故何也。或曰「同胞過於勞働，疲勞所致也」，余曰不然，請看安閒無事之漢學者等，亦依然憂鬱悲愁。余問曰：「兄等既深抱不平不滿之志，何不公然發議，堂堂而主張正義人道乎？」答曰：「汝等書生，天地自由，縱橫主張，無所介意。余等則不然，常在監視之下，宛如罪人，如有一語錯述，則其果報必至，豈能主張正義人道乎？現下在台保身處世之法，唯有阿諛屈服而已。」此乃同胞一般之處世法，今略舉其數例，在某處共學入學式後，市尹問曰：「公學校亦同教育兒童之處，汝等希望入小學校者何也？」一父兄即答曰：「公學校雖有教國語並內地風俗等，然在小學校共學，可較快習得內地風俗涵養國民性。」市尹聞之頗喜，左右列席內地人，亦哄哄大笑。再奇者，有本島人新任總督府評議員，乃敕任待遇官，堂堂紳士也，竟自恭捧其任職書，鞠躬巡訪於會社銀行下級官吏之間。即此可知拑口不言以保身者，尚可謂有氣骨之輩矣。余在台北訪問下村長官之時，長官曰：「余欲明地方民情，特巡各地與有力者面會，問其意見希望，然一概拑口不言，誠可惜。」余答曰：「長官好意，真是感謝。初問一回，即欲使其陳述意見實難，若能二次、三次，屢次探問，當感長官誠意，而坦然陳述意見也。余想長官赴任以來已久，當然了解台灣狀況，竟尚以此種事為怪者，誠足怪耳。」又有一知事說其經驗曰：「台灣人中，正正堂堂主張其意見者甚少，反以褒讚為事。余初來台赴任廳長之時，某支廳率其管內島人紳士來會，紳士曰：本年天候調順，穀物豐登，是皆廳長貴下高德所感云云，余大困於應答。」如斯我同胞中不聽堂堂主張意見，反以褒讚阿諛為事者實多，豈非自失其人格悲哉。夫物有因必有果，果在，知其因之在矣。余輩宜探明其因，而考究其治療方法為要。

老校長之卓說，某老校長之說，最可為吾輩參考。又該校長本亦欲其說，普傳於吾輩青年，今將其說紹介於左。校長在眾人聚會席上對余曰：「余平素屢欲與君會面，略陳所見，無奈未有機會，今夜適在此席上，與君相會，可謂天作之緣。余讀《台灣青年》雜誌，見君等常亂主張高唱自由自由。凡在世間果有自由乎，設使有自由之語，則必西洋傳來輕薄思想。吾等大和魂所有者之心中，毫厘無此種思想，夫我日本人之所信，唯有主動體及受動體而已。所謂主動體者，乃為發動一切之根元，是發命令之處，我皇室是也。所謂受動體者，遵守命令而行，唯有服從，吾等臣民是也。為日本人者，須尊重獻身服從之大精神，毫無自由之理，汝等青年，濫唱自由主張平等，實可謂不謹慎之至也。又君等性癖，好談論政治，一見《台灣青年》雜誌，其內容皆以政治論充塞，凡支那民族性，皆好論政治，故其國陷於如今之慘狀。君等既為日本人，不可不改此性，改隸以來，政府極力施行善政，君等受國家恩澤豈不大乎。今後之行政施設，亦必照舊用誠處理，故君等宜信賴內地人官民，一任其經營，維命是從，能如是，則台灣人應受之福澤，亦必彌增矣。再者，依台灣人之手，以圖日支親善之事，其妄想何啻待百年河清。主張台灣人是漢民族，故甚適於媒介日支親善，此全屬誤想，台灣人既孜孜思自己是漢族，則對日本絕無好意，《台灣青年》雜誌上，大聲高唱我等乃有四千餘年歷史之漢民族者，實是不謹慎之語也。君等若必主張為漢族，馬關條約許以二年猶豫期間，當時何不歸去清國耶。過二十六年後之今日，始唱我等是漢民族，毫無畏忌，其行為豈無失當乎？不逞鮮人，亦主唱自己為俱數千年歷史之朝鮮民族，與此遙遙相對，是可謂為不逞之台人矣。故為台灣人者，宜作速去其漢民族之念頭，盡力養成大和民族之精神為要。君等青年自今以後，若能改過，莫唱自由，罔論政治，吾輩不但樂為一個《台灣青年》愛讀者，且必為君等盡力，鼓吹勸誘購讀，若不然，自當極力反對云爾。」此校長在台公學校司掌教育有二十餘年之久，在本島教育界頗屬有力，台灣孤島之中誠多似此固陋之輩，台灣自然凝成一種空氣，使我同胞以阿諛為最上處世法，大有原因也。我台灣外觀之物質方面，雖有進步之形跡，在於精神方面，則萎靡不振，日益廢墮，道義盡棄，權勢橫行，輕視人格如草芥，崇拜黃金過於命，只顧人情，不顧道義，現出末世狀態。余嘗稱此島為「虛偽之交換所，詐欺者之住宅」，不幸至今依然如舊，毫無改善之態，痛哉。伏望有志諸君，愛世之士，莫為濁世所染，勿以權勢為忌，侃侃諤諤，披瀝所懷，主唱人道，是為至望。

官民關係稍有進步氣象

官民關係稍有進步。夫官尊民卑之思想乃東洋人一般之弊病，特在台灣官僚橫暴尤甚，然今日較於二年前，似有多少進步。前總督長官絕對神聖不易接近，雖一地長官亦頗難會見，雖得見亦難以吐露胸懷。近來則不然，在各地衙門之官吏，有相當地位者，對台人有理解同情者頗多。就中有以誠心誠意、樂近地方人士、詢問民情，最為可喜，如苗栗白頭郡守清水氏，是其一人也。

警察界依然如舊

警察官吏朝夕與人民接觸，又其人數最多，此種官吏對人民態度與昔殆無差異，誠屬遺憾。地方制度改正以來，警察權限大為縮小，故一般警察抱不平不滿之氣，對於人民及街庄役場多有越分之事，甚至對上官濫報無根之情。茲記本回歸省中所聞，警察官界行動之一端。在台北余之友人某氏自當工役，正在清掃室中，有一警官排開門戶，靴劍聲響，呼曰：「オイオイ」，意氣揚揚直入室內，友人答曰此處無「オイオイ」之人。警官嚇然怒曰：「汝真無禮，此回為某某手續尚未清楚，當速來派出所。」友人答曰：「我非戶主，此事與我無干，我當與戶主通知。」警官曰：「若不速來，即處罰金。」友人答曰：「雖被罰，不過五角之過怠金，罰之無不可。」警官隨即手指制帽記章，告曰：「汝知乎，此記章，乃天皇陛下之所賜，若戴此章，則打蹴拘來，無不自由，汝知之乎？」云謂。某所有一醫學校卒業之開業醫，在街行走，不意與本島人巡查某相撞，各墜其所含煙枝於地，以致兩人口角。其時，內地人巡查警部補共三四人，恰好經過此路，本島人巡查謗曰：「此醫生打我。」內地人巡查警部補聞之，不問事實，亂打亂蹴，可憐醫生倒於路上，更以繩牢縛其身，牽去衙門，拘留一夜。街中本島人，大為憤怒，其同業者尤甚，後選出代表者，到衙門問其故，該警部補，以傲慢態度答曰：「我等欲打則打，欲縛則縛，豈有不可，汝等若不服，往法院告訴可也。」其橫暴乃爾，聞者無不憤慨。又在嘉義，國語學校卒業一青年於料理店唱日本俗謠「得千燒」，歌中插一句「德謨克拉西」，鄰席私服巡查聞之，禁曰：「不可言德謨克拉西」。青年答曰：「德謨克拉西乃現代流行語，君為何人，欲禁我言。」其時私服巡查作色曰：「我是巡查。」因見青年不信，歸換制服，手持縛繩厲聲曰：「汝若再言德謨克拉西，我即以此繩縛汝去。」同在嘉義街，有一警官為調查戶口，到一會社員之家，向其老母查問，因言詞不通，警官憤怒遂出手打之，其子歸家知情，欲上法院告訴，有人為之周旋和解，警官到門謝罪，其辭甚怪，曰：「我屢次問汝母，所答者皆不得要領，遂生怒打之，是日絕非打汝母一人而已。」再舉一例，在阿猴附近發生事件。是地每開保甲會議之時，皆借教會堂為會場，其後牧師換人，再建一新會堂。某日，要開保甲會，警官對此新牧師交涉欲借新會堂，牧師曰：「新會堂專為禮拜用，若舊會堂則可隨便。」警官不聽，深責牧師不德，並呼牧師到警察課。課長曰：「保甲會議乃地方重要之會議，如何不借會堂。」牧師曰：「為保會堂內之崇嚴，恐保甲會議中有人喫煙等故，望以舊會堂應用是幸。」課長詰曰：「出席保甲會議者，皆地方有力者，比之信者，不知勝過幾倍，豈有污辱神聖之憂乎。如果不借，後來被警官責罰，吾則不知矣。」牧師不得已，遂以新會堂借之，因憤慨之極，即辭其地而他適矣云。

徵發人夫之問題

改隸以來二十六年，當局盡力經營各種事業，凡所要人夫勞力，皆向台灣人民徵發，若以正當手段方法，則人民生活可無影響，因使役不時，島內貧民年年愈增，生活日益困難，大可為憂。當局自昨年春起工，築造南北貫縱道路，乃其一例也。該道路闊八間，若合兩側掘土處，概有十間，長幾百里，土地一甲，準一千圓，其土地價格實至巨矣。而當局不支出一厘，專押人民寄附。其工事所要勞力人夫，盡對人民徵發，總督府不費一文，而築成此種大工事，其權力之強大，可不畏乎。如此順從之台灣人，在內地絕無其匹，築此縱貫道路，豈異彼萬里長城，若無人民怨聲，則幸矣。余尚對此貫縱道路挾二個疑問。一則當局不顧時期一氣呵成，築成此道其理由之所在令人難解。觀現在道路雖成，未有人跡，只有雜草蔚然爭茂，既不急用，何不待農閒之時，始興工築造乎？若待農閒築造，則可稍減損害，且以其土地，加利用一日，則加收一日之利，豈不妙哉。二則道路之闊八間，途中所架之橋，不過二間而已，是欲減殺利便乎？抑為架橋工事費不足之故乎？若經費不足，以當局慣用手段，對人民徵收，豈有難哉？八間之路，架以兩間之橋，誠難解其理由之所在也。余希望當局，似此不當之課役宜從速撤廢之。

初等教育之現狀

欲使台灣初等教育普及，宜先施行義務教育，固不待言也，不但島民切望而已，則現當局亦有施行之意。當局憂慮島民向學心薄弱，經費及教員不足，故未施行。本年第一回總督府評議會，當局有諮問義務教育施行案，以前當局不肯施行義務教育，是以前述三個理由，其實係對教育無誠意，不過藉此口實，欺我台民而已。余以為因向學心薄弱，故宜施行義務教育，經費缺乏，亦不足為理由，若能節省他種經費，察事物之先後本末，則教育經費之出處，必無難矣。如前年討伐生蕃，費盡數千萬圓，建築官廳學校，開莫大經費，建立銅像、石碑，捐募人民金錢，豈不多哉。此等經費何不節省之，民無學校可養其德，而官有華麗王宮之居，是成何心哉。改辟以來，已二十有六年，尚叫教員不足，愈見當局對教育之無誠意，昨年以前，全台無一獨立教員養成所，此乃教員不足之原因。且當局視本島人如草芥，雖有絕世英材，亦不與以校長地位，其日常服務悉受內地人教員之監督，加之級俸甚薄（**現有多少改善**），以此精神物質兩面皆受剋薄，即有志熱心於教育者，亦不得不辭職他之。目下當局於各地創設教員養成所，收容公學校卒業生，補習一年，則使其就職，從事教育，以塗一時，此等代用教員之教，實占全島教員之六割，堂堂校舍，小小先生，不失為稀有之奇觀也。欲養成國家社會之人材，而用如是之手段，無異緣木求魚，父兄心中對此可得坦坦乎？

有望者終是青年

余此次旅行中，接觸許多人士，然每會青年同胞，直覺一種快意，見其元氣旺盛，春秋豐富，抱至誠之精神，懷高潔之理想，不為因襲所拘，不為世俗所染，愛正義，重廉恥，毅然不可侵者，唯此輩青年而已。在實業方面，突然脫出頭角，卓然成一大勢力者，皆屬青年。如新高銀行者足為顯著之例。李延禧君，創設新高銀行，培養青年志氣，最可欽服，希望同君，堅持到底自重奮發，則同胞之萬幸矣。余望我敬愛之青年同胞，察時代之變遷，蹶起猛進，勿驕奢，勿淫逸，依理性而堅行，毋為因襲所拘，自任為自由、平等、博愛、平和之愛護者，與誠意達識之內台人士，同心協力，除盡內台人間之差別，俾我台灣成為安居之樂園，由是建造東亞平和之基礎，斯誠吾人之切望，願與敬愛同胞努力而勇為焉。

原發表於《台灣青年》第三卷第二號

巻頭辭（一九二一、八）

佛蘭西の文豪モンテイン氏曰く「無智は罪惡の母なり」と。英国の哲人フーラ氏は「学問は与へ得べき最大の施物なり」と喝破した。又我が社会にも「遺子千金不如教子一芸」とか、「逸居而無教則近於禽獸」と云ふやうな教訓が乏しくない。教育の大切なる実に斯の如し、我が島内に於ける教育が甚だ粗畧に付せられて来たのは、遺憾千萬と云ふよりか誠に不思議の極みであると云ひたい。

また前記の格言に由っても知る如く、教育は決して独占さるべきものでなく、人在らば教へ必ずこれに供ふべきであるにも拘らず、過去の我が教育は全く一部のものに独占壟断された。若し教育が独占されてよいものならば、それは力有るものよりも力無きものに於てせらるべき筈ではなからうか。されど従来の台湾教育は悉く少数なる力有るものの為めの教育であるかの如き觀かある。

現代は「デモクラシー」の新時代で、福利の共通、機会の均等、強弱の互助を高唱する平等自由博愛の世界である。此の時代思潮が教育上に現はれて、所謂国民教育、公民教育、義務教育が早くから各国に実施されることとなつた。台湾も斯る時代思潮の余波を受けて漸く義務教育の声を発するやうになりかけたのは蓋し幸と思つてよからう。

此の際尤も大切なのは、島内に隱れた義人が奮起蹶起してその抱負を吐露し迅速且つ真摯に輿論の歸着點を確定して以て本島公民教育の大方針を建てることである。不幸にして在来の如く閉口沈默して一切を當局の為す儘に任すやうなことがあつては、他日の悔を自己の外に轉嫁せうとも能はざると知らねばならぬ。教育は我れの教育であつて他人の教育でなく、民眾の為めの教育であつて當局の為めの教育では決してない。故に島民は單に納税の機械となつて、凡ての施設を當局にのみ委ねた時には、過去の台灣教育を繰り返すべきこと、火を睹るよりも明白である。吾人は個人の完全なる發展に因る真正な國家社會の隆盛を期願するものなれば、教育上の自由平等を第一に主張する。而して我が島內の現狀に鑑みて、教育方針の根本的更新を要求し、公民としての資格を修むべき普通教育機關の完備、特に初等普通教育と義務教育をして迅速に實施せんことを望む。

原發表於《台灣青年》第三卷第二號

中日親善の要諦（一九二一、八、十五）

一、親善の意義

親善と云ふことは人間の社会性に基く当然の要求で苟も人類である以上、国籍と人種の別なく何人も互に親善すべきであつて、決して中華と日本の間に於てのみ親善の要がある理ではない。しかるに独り中日親善の語が久しき以前から人口に膾炙され、特別な唱導される所以は、蓋し両国が東洋に於ける最大の民族を包擁し、その間に最も根本的で代表的の関係が儼存し、而してその関係に相座した両国民の意志疎通がなく、国際的紛争が頻々として発生するを憂ふにあると思ふ。従来の中日親善論は主として日本人の口より唱へられ、その論法を見るに、日本が既に世界強国の班に列して東洋に於ては優先の地位に在り、東亜の盟主たる天分を発揮するために東洋の弱小国を保護するの責があると自任し、民国に対してはその国力の微弱なるを口毎に指摘して欧米人の野心即ち白禍の切迫せるを誇張し中国瓜分の危旦夕にあると絶叫する。民国にしてその亡国の禍を避くるならば、須く連戦連勝の陸海軍を備へた日本帝国に従ひ其の庇護を受ける外途なしとの如き口吻である。此の親善の目論が具体化されて或は来朝の民国青年を侮辱する態度となり、或は廿一箇条の軍事協約として現はれた。過去の輿論大勢は実に斯の如きもので、中日親善の声を高大にしても両国間の距離がそれと正比例して益々遠隔する目下の状勢は誠に痛心の極みであるが、無理ならぬ成行でもある。

惟ふに中日親善は決して温情的保護と屈辱的依頼とを遂げる為めでなく、其の根本とするところは中日両民族の共存共立にあらねばならぬ。特に当面の問題から見れば寧ろ日本前途の為め、大和民族が活路を護る為めに缺くべからざる必要条件であると云ってよい。即ち中日親善の大義は双方の生存を遂ぐべき真劍なる要求に起ったものであって、決して一方の野心を満足せしめる為めの手段でないことを明確に理解するを要する。

二、親善の必要

中日親善の大義は前述の如く中華日本両国民の共存共立にあるとすれば、民国人が余りこれに頓着せず熱心に唱道せぬ訳は如何と云ふに、それは民国人が日本人に親んで始めて生立つて行かれる理由が薄弱であるに依る。何分彼程の人口と国土を抱擁してゐるので、その民度に適応するだけの物資と労力は自給するに困らず、加之其の国内に散在せる隠れた宝庫の開発、貿易上に於ける利権獲得等のために他国人の此国に蝟集するものが頗る多く、従つて日本に待つところが少ない理であるから、彼れより口を極めて日本に親むべしと称へないのは道理上当然の結果である。若し中国にも親善を唱ふるの必要ありとせばそれは次の二点に帰着する。即ち消極的には僅か一衣帯水の隔てにある、軍備の充実した、隣国日本に対して事々にこれを疎外しその好意を失つて争端を構すよりか、出来るだけ平和に事を計り経済的提携を為す方が幸福である。積極的には人類永遠の平和を愛好し世界奉仕の精神に基いて近隣の日本に誠実と好意を尽すにあるであらう。併し全人類が尚ほ深き堕落の淵に浮沈してゐる今日なれば、民国は積極的精神を以て中日親善を企求することは到底考へられない。幸に親善を望むの意志があるならば、それは消極的必要に由ると解した方が適当だと考へる。

翻つて日本の立場より見れば大にそれと趣を異にしてゐることが分る。第一に日本は国土の狭き割に人口が甚だ多く、若し国外へその過剰の人口を送出す途がなければ非常な難境に陥るべき理である。第二に日本は不幸にも天産の乏しい国で緊要なる工業上の原料を殆ど産出しない。工業国たるべき運命を有する日本に斯くも原料が乏しいと云ふことは取も直さず彼れをして自発的に原料を供給し得る国と密接なる関係を結ばしめる原である。第三に日本は工業国として立つ以上、その製品を捌く為めの市場がなくてはならぬ。換言すれば海外貿易は日本の運命を支配する唯一の途で、これがまた軈て彼れをして余儀なく他国と接近することを策せしめる。斯様に日本は海外発展を絶対に必要とし商業戦によつてその国民の生命を維持すべき天命を稟けてゐる。その天命を全うすべき過剰人口の移殖地としてまたその海外貿易の大市場として世界中に民国程好都合な処は更に発見し得ない。此の点に於て日本は是非とも民国に近づきこれと親しくならねばならぬ必要がある。中日親善が盛んに日本から提唱されるのは蓋しこの根據から出てゐる。

由是観之、中日親善は単純なる友誼的真情と正義的純愛、義俠的精神に駆られた声ではなく、それは純然たる利害存亡に関する直接問題の存在するに因つて、必要上止むを得ざる結果から発源してゐる。斯る真劍切実なる根柢を有する中日親善を潔く有りのまゝに議論し主張しそれに相応した手段を選んで実現を努めないで、徒に外交の辞令を巧みにし、自分を高く挙げて対手に恩義を着せるやうな論法を吐き、極端な温情主義的態度を発揮して、領土保全とか、主権擁護とか云つて対手の悦服を強ひ親善の実果を収めようとする、其の無謀なるは誠に慨歎に堪へない。

予輩は中日親善の一日も速かに実現せんことを熱望するが故に、上述の如き不真面目な態度を非難排斥するものである。本誌前号で島田翁が「大体から見れば東洋民族として支那民族と日本民族とは人種の大体の区別では同根中の小区別である。地勢から言へば日本の栄は支那の栄であり、支那の栄は日本の栄で無ければならぬ。日本は土地狭くして人口が多い、原料品を大陸から取つて之に工作を加へてまた大陸へ売出す、是が日本の繁昌の基である。支那は原料に富んで之を諸国に売出すに一番近いのは日本である、其の工作品を取るのも一番近いのが日本である。して見れば双方の短所長所を相補つて進歩しなければならぬ。」と云はれた。流石は鉄面無私の島田翁で、斯の如き真実なる観察があつてこそ始めて中日親善を語り得るのである。要するに中日親善の必要は人道上の問題としては別論であるが、直接当面の問題として、民国に取りては全くその存亡に影響なき単純なる経済的便益上の問題に止まる程度のものであるけれども、日本に取りては実にその国運の隆替に深く関係する重大問題であると信ずる。

三、親善の障碍

中日両国の親善は久しき以前よりその進捗を見るべきであるのに、反つて益々相疎隔するの傾向を呈しつゝあるは、思ふに必ずや幾多ね障碍があつてその禍をなすに依るであらうが、予輩の臆測を以てすれば次の二点はその主なるものでないかと考へる。

国民的自覚を欠けたること　成程中日親善は旧から唱へられたがそれは一部識者の間に於いてのみで、両国民の多数は殆んどこれに対して無感覚である。国民の大多数がこれに対して自覚せず興味を持たぬことは即ち両国民の接触交際を疎くする本であつて、その為めに政治の局に立つ少数役人の措置の錯誤に対する国民的監視鞭撻なく、因つて愈々疎遠の度を増し、殊に両国武人の活躍に由つて両国の交渉を左右せられ、大局を目論違ひて如何程紛糾に紛糾を重ねたか知れない。此の親善の主唱者たるべき日本国民の大多数が未だ自国の立場を十分に悟らず、民国の何たるものを理解せずして、単に日清戦争の勝利に誇つて民国政府の無力を嘲り、四億萬の隣人に対して一種蔑視的気分を抱き、それに近寄れば如何にも自分に汚物が附くの如くに親しみを持たないことは最大の障碍をなしてゐると思ふ。此の国民的親みを持たしめない理由は前述の国交的関係にも依るけれども、両国民の歴史民情に由るところが多からうと考へる。即ち両国の国家的理想と民族的気質風習の相違からして双方の理解を缺き、引いては互に近寄らうとする自覚を起さしめぬのでないか。以下その顕著な相異点につき一言せう。

第一に挙げて言ふべきは国家に対する信念の相違ではなからうか。日本は所謂萬世一系の皇室を国民の中心とする国柄で、国家を主体として国民をその従属とする、依つてその尊ぶところは忠君愛国義勇奉公の精神であつて、この精神の発露は即ち組織的訓練（大義名分を重ずること）と尚武的気風である。然るに中華の国状はこれと大きにその趣きを異にし、飽まで民本的家族主義の国柄で一貫してゐる。即ち此の国では個人の生活を本位とし、その生活の安全を得るために国家の必要を感ずるのみで、民衆の生活に支障を来す場合には躊躇会釈もなくどんどんとその国家を改造するのである。従つてその国民的気風は個人的の実生活に重きを置いて、国家的団結によつて外族との抗争には余り熱狂しない、その社会的規範は忠恕の徳を重ひ、その民族的性向は文を好み平和を愛する。次ぎに民族的気質に大なる相違あるを見る。民国の人はその歴史の悠久と社会の複雑とによつて訓練された結果、その人と為りは如何にも老練で、善く言へば物事を遠大の処から観る、悪く言へば打算に抜目なしで利害に敏く一時の感情に驅られない特質がある。故にその態度の一方には悠然として迫らず如何にも長者の風があると共に、他方では人情に冷かで不活潑な頑固者にも見られる。日本の人は矢張りその環境から受けた感化の結果であると思ふが、新進気鋭の進取の象に富んでゐるけれども、その着眼点が余り遠大でなく目前の小利に営々たる有様である。それでその性格は何方かと言へば多血質の方に属し、覇気満々で挙動が甚だ捷く一時の情に激し易い傾きがある。若し両民族に於ける具体的代表人格を挙げて言ふならば、一方は店頭に箕坐をかき長煙管で煙を吹きながら算盤の玉を弾き八字髯を下向きに生した温厚な番頭さんで、他方は東京の大道を大声して馳廻り手拭を向ふ鉢巻きにして勇膚を片腕だけ露出した骨肉稜々たる号外売の如きであらう。先月民国旅行から帰朝された植村正久牧師の感話の一節に、扇子の使ひ方で彼此両民族の特質が遺憾なく発露してゐると話された。即ち彼地の人は二尺に余る大扇子を持ち一分間に一度位の速さで腕を伸ばして遠くから圓弧を画くやうにして扇ぐ、此地の人は尺に満たない小形のものを使ひ、臂を屈して手を胸近くに持ち来り掌を覆す如くに一秒間に数回と扇ぐのである。甚だ面白い発見ではないか。

更に両民族の嗜好、趣味に大なる背反があり従ってその生活の形式が随分と変ってゐることを認める。概して言へば日本人は単純を好み、その為すことは小規模であるが極めて周到叮嚀にやる。民国人は全くこれと正反対で凡てが複雑濃厚で、その為すことに寛いだところがあるけれども甚だ行き届かない。住居について云へば、日本の建築は一般に小局で工夫に乏しい、併し近寄って見ると屋根の裏までも掃除がよく行はれて如何にも小奇麗である。中国の建物は所謂大廈高楼で豪壮なこと到底前者の比べでない、その彫刻彩色の美観も遠くから見れば人目を引くに足るものが多いけれども、その管理保存が概して粗略である。食物にしても然り、刺身と五柳居との二品を以ても十分に双方の嗜好を比較することが出来よう。平素日本人は飯とお菜とを交互別々にして食べるが、中国人はそれ等を同時に口に入れて味ふではないか。その他音楽美術演劇等何れの方面から見ても、同様の相違を発見するであらう。此等の国民的気風、民族的習癖について民国は日本よりも西洋の諸民族に近似の点が多い。

国際的競争の激烈なること　中国は未発の大宝庫で、萬国経済戦の開かるべき大戦場であるべきは世に既にその預言が多い。欧洲五ヶ年の大戦で疲弊した列国はその経済的復活を中国に於てなさうとせざるはなく、各々その利権を獲得せんとして苦心惨憺の態である。或は礦山の開発、或は鉄道の敷設、或は商品の販路、或は金権の掌握等各種の利権を我が物にせんとして競うて大資本を投げ入れる。独り物質的施設を欧米諸国が中国に於て行ひつゝあるばかりでなく、中国人の心を得んとして彼等は誠に猛烈に永年飛躍して来た。宗教的布教は勿論のこと、生命の安固を保障すべき病院の建設や文化の向上を促進すべき学校の創立や更に貧民を拯ふべき諸種の救済事業に至るまで画策せぬことがない。特に近来は将来彼の国家社会の柱石たるべき民国青年学生を欧米列強が先きを争うて歓迎し、学問上の指導は勿論のことその滞留中の日常生活に至るまで細心の世話を為し、留学生等の満足を得ようとして甚だ努める。その結果欧米留学の民国青年は何れもその滞留中に受けた厚遇に感じて衷心より報徳の念を抱き、帰国後はその滞留せし国に対して親善の態度を表はして、着々と相互の交誼を厚くし圓満なる関係を結んでゐる。然るに日本帝国の対中経営は如何、列国のそれに比して雲泥の差あるではないか。国民的努力による、彼の国民の精神生活の向上を謀るべき宗教的運動もなければ学校病院の創設も殆ど見ない。それのみか、彼国へ渡る日本人ありとすれば、所謂空拳赤手の浪人で彼地で何物にか有り附かんとする連中でなければ、彼の国禁を無視して阿片密売を為し、その国民をして墮落の迷宮より脱出する機会を失はしめようとする貪慾の奸商がその大部を占めてゐるでないか。その上、智識に餓えつゝ此国を訪ねて来た民国青年学生に対する国民一般の態度如何!!誠に千載の遺憾と云はざるを得ぬ有様である。曽ては三萬四萬にも余る帝都滞留の民国学生は今は三千にも満たない数となつた。これは教育機関の不足を訴ふる日本国民に取りては目前の処、或は反つて願つたり適つたりであるかも知れぬが、具眼者には実は憂慮不安の至りと云はねばならぬ。

右に述べた二大障碍の中、予輩は前者を積極的障碍と云ひ、後者を消極的障碍と云ひたい。何故なれば後者は実に前者の程度如何に依つて解決されるからである。日本は貧乏国であつて、到底諸外国のやうな大資本を投じて親善の連鎖たるべき前述の如き献身的諸事業を興すことが出来ぬであらう。然しながら唯物的人生観を排する予輩の所信を以てせねばそれは敢て掛念するに足らぬ。至誠天を動かし、愛に手向ふ敵はなし。今後にして日本六千萬の同胞が目前の好運に贅らず、真にその過去を悔ひ将来を慎み、赤心を開きて自分の生を主張すると共に他人の生をも尊重する、己を愛する如くに人をも愛するやうな国民的自覚が起れば、単に中国人との親交を結び得るのみならず、世界の平和運動に大なる貢献をなし萬国の友邦として尊崇されべきを疑はない。

四、親善の要諦

予輩は上来縷々として詫言を並べたのは蓋し我が所信を開陳せんとする根據を明かにしたい為めである。若し下に述べることが幾分でも読者諸賢の賛同を得ば甚だ本望の至りである。

中国を重く視ることを国民に教へよ　既に述べた通り日清戦役のときに鼓吹された敵愾心が、仍日本国民の心裡に強く根張つてゐること、国家的信念と民族的気風の相違すること、それに目今中国の国状が隆盛でない為めに遂に此国の人々をして中国に対する親愛の情を殺がしめた。これは即ち中日親善の最大なる障碍であつて、此の侮蔑の念を取除くこと、換言すれば中国人に対して同情と親愛を持ち得るやうに日本国民の心理を転換させることが緊要中の緊要である。これは非常に困難の業であるに相違ないけれども一刻も速に努力せねばならぬ。而して此の事業、運動は一般公衆に対しても必要であるが、殊に学校教育に於て力を注ぐことは肝要であり有効でもある。一般の言論に於ても学校教育に於ても盛んに日本の立場を明かにし、将来に対する自覚を促さねばならぬと共に中国缺点は勿論知るがよい、然し尊重すべき彼国の文明を十分に伝へ、特に過去に於て日本が彼国より受けた文明的恵澤を回想させる様に指導するが大切である。若し国民一般が彼国に対して報恩的熱情を起す様になつたならば、彼国の文化の向上を計るは、自国の使命である如くに奉仕的精神を振作することが出来たらば、中日親善は大半遂げられたと信じてよい。

民間の往来を頻繁にすること　双方の実情を知り好意を表すには接触の機会を多くし、別して有識階級、善良分子の往来を繁しくすることは大切である。既往の中日交際は殆んど彼此外務当局の交際だと云つてよからう。偶々民間の往来があつてもそれは直接の利益を得んとする一部の実業家か所謂浪人の徒輩であつて、中日関係が今日のやうな窮境に陥つたのは或はそれらが禍をなしたかも分らない。此際日本同胞の有識者は積極的態度を持して、国難を未然に防ぎ、民族的権威を増進するの熱情を抱き活動をなされて欲しい。予が高師在学中の経験に、或時同級の朋輩に中華料理の味ふべきことを勧めたのでその中の一人が「よし俺が早速喰つて見よう」と云つた。翌日かその友人が頭を掻きながら笑つて言ふに「俺は喰損つた」と、それは何うしたねかと尋ければ「俺は神保町の中華第一楼の前を入るか入るまいか二三回逡巡して愈々決心の臍を固めて一気に飛び入つたことは入つたが、梯子段のところで、油臭い臭の為めか分らぬが何んだか厭になつたから、駈足廻れ右で出て終つたのだ」と、残念さうな顔相で話した。又或時、同級の中で民国の学友が三四名居つた、それ等と進んで談話なり交際をするやうにと本国の学友に勧めたら、「言葉が十分でないし、そして彼等も話したくないやうであるから、何うも進んで話す気にならぬ」と云つた。此の小さな二例は遺憾なく今日の中日関係を致した日本同胞の態度を赤裸々に露したではないか。飽まで自己本位で一寸鼻に悪い感覚を与へたから直ぐそれを頭から拒絶する。殊に店頭で二三回も逡巡したとは面白いではないか。中華料理が食べたくても、その料理店へ入るのを一種の恥辱に思ふ一般の気分があるらしい。また向ふが進んで此ちに就かないから当方より罷り出る理に行かぬとは、甚だ固つた消極的の態度ではなからうか。何か民国から渡来した人士があればお互が我が家で珍客を迎へるやうに歓天喜地でそれを款待して返したいものである。けれども今日はまうそれのみでは間に合はぬ、盛んに彼地へ交際を求めに出掛るでなければ駄目と思ふ。毎年の夏休を利用して青年学生が民国旅行を為し、大に大陸気分を涵養し、彼国の熱情に燃えた青年志士と思想を交換し心と心の接触を図ることは殊更に望ましい。

中国語の学習を奨励すること　民国の文物を理解し彼の人士と交際するには、日本同胞が民国語を知らないで凡て日本語で通すことは無理であらう。先方も日本語の研究を為す要があるであらうが、当方は先方の為す如何に拘らず盛に民国語を研究するやうになりたい。隣邦文化の向上普及を助けるのに帝国は不幸にも経済的缺乏の為め、学校や病院その他の慈善事業を起し得ない。それは敢へて悲観するに足らず、日本に出来ることが尚ほ他方面に幾多もある。日本はよし物質的貢献を為し能はぬとしても、精神的貢献は為し得る筈でないか。即ち日本はその東西両洋の文明を基礎として建設した新文明を所有し、若し日本の同胞が彼の国人の発展を望むの一念で、自ら彼国の言葉を学習し、それを以て前記の新文明を伝授することが出来たならば、是れ物質以上の貴き貢献たるを失はぬ。近来日本同胞に於ける民国語学習の気勢が漸々と揚りつゝあるやうに見えるけれども、まだまだこれだけでは駄目である。予は常に言ふ、日本国民はその学習能力の三分の一を英語の為めに幾十年来消費した、今後はそれと同程度、少なくてもその半分の努力を民国語の為めに費さねばならぬ。日本国民は智識を世界に求める為めにその大部分の努力を英語に使ふの賢明を有したが、隣国にその得たる文明を伝へる為めに、同等かそれに近い精力を民国語習得に消費するの見識と雅量を所有するであらうか。予輩は直ぐにこの事が行はれずとも、幾度かの試錬を経たならば必ずその機運の到来すべきを確信する。

宗教家の奮起を待つ　活きた宗教の在るところには慈悲博愛の精神が飛躍する。慈愛の至情は軈て人類の堕落した心を清浄に洗ひ一団に纏む泉となり鎖となる。中日親善の大業は誠に宗教家の奮起に待つ処多しと云ふべしである。然し事実今日に至つても彼此の宗教家が、世俗と足並を斉へて、各自の堅塁から一歩も蹈み出さうとせず睨み合つてゐるのは、諸種の障碍あるによるとは云へ、余り無自覚の態度であると評せざるを得ぬ。勿論親善を謀らんとするの宗教は、宗教本来の面目を失し、政策的に手段として使はれる弊に陥つていけない。唯宗教が宗教として活動すれば、即ち其処には慈愛の焰が燃えて彼此の内心を一つに融合する様になり、その自然の結果として親善を見出し得ると信ずるのである。予輩はまた言ふ、二十世紀の今日に於て尚ほも領土侵略の夢から醒めざれば遂に亡に陥る外なしと。今日は土地の問題でなく、心の問題である。昨は銃剣を以て領土を拡張したが、今は慈愛を以て人心を収穫せねばならぬ。斯るが故に銃剣を操る貔貅の代りに慈愛の化身たる宗教家が陣頭に立つべき時代であると。

鮮台統治策の根本的更新　以上は中日親善を計るべき直接治療法とても云ふならば、前に述べんとするはその間接治療法と云ふべきであらう。目下の朝鮮台湾は全く日本帝国統治の範囲内にあつて、即ち鮮台統治は純粋なる日本帝国の内政問題で、これをまで中日親善の問題内に引入れて云々するを畑違の料簡だと思ふかも知れぬが、予輩は大に然らずと言ふ。成程朝鮮台湾は国家的見地から観れば内地と同一主権の下にあるけれども、歴史的見地から観れば全然別物であるは云ふまでもない。家族に譬へて言ふなら、内地、朝鮮、台湾は一家族中の三人兄弟であつて、各々に個性あり別個の立場がある。そしてその内地と云ふ兄貴が親の命を奉じて朝鮮台湾と云ふ弟分をその一存で世話し使用してゐるやうな次第、そこで問題は、この兄弟間の関係と隣右のこれに対する注目にある。幾年来此の内地たる兄貴は二人の弟分に個性を捨てろ、別個の立場あるも忘れて終へ、唯一つの残骸となつて、そして我が霊を受入れその発動のまゝに立働けと云ふ抱負で指導命令に務めた。此れに対して、台湾なる弟は短軀微力の為め腹の中では何とか考へてゐるでせうが殆んど無言の沈默を守つて来た。けれども朝鮮なる弟はそれでは承知出来来ぬ、兄貴は不可能のことを人に強るのみならず、兄貴は口上ばかりで一向に御霊を分けようとするの様子もないではないかとて暴れ騒いてゐる、そして世界は目を張つてこれを観てゐると云ふ状態。内幕のことは何うでもそれはさて置き、隣右の傍観だけで済めば幸、それを若し各自のことに結附けて考へられるやうでしたら如何でせう。要するに世界は不夜城の世界で、悪事千里であると同様に善事も千里だ。鮮台の統治は日本の内政であるだけに、自分の勝手に出来る範囲のことであればこそ、今日までの仕組に依つて表された誠意赤心の度合を傍人が測定するに尤も利便である。愛せられんとするものは先づ人を愛せよと云ふが如くに、中日親善も結局日本が表示する誠意の質と量の如何に依つて実現の能否が定まる。而して鮮台統治に於て日本は於て日本はその国策の存する処を明にし、その周囲に対する誠意の深厚なるを自ら立証するが肝要である。

五、結論

予輩は平和を愛する、何故なれば、人の生命を神から賜つた絶対価値の恵与として知るからである。愛する同胞よ、自己の生命を貴ぶべし、されどその為めに他人の生命を奪ふこと勿れよ、何故なれば、「出乎爾者返乎爾者也」と教へられたではないか。故に他人の生命を尊重するこそ真に自己の生命を尊重する所以であると予輩は確信して動かない。これは独り個人の上を支配する真理たるのみならず、実に団体、国家の上をも等しく律する大法則である。

中日親善は誠に東洋平和の基調で、吾人生活を東洋で営むものは、何人を問はず、斉しくその実現の為めに努力すべきであるが、実際に於て日本は今日の処、先進国としての地位にあり、また既に詳言した理由の存在するに依つて、帝国は発動的態度を以て可及的努力を為し、その実現の為めに画策し貢献するを当然の順序であると思ふ。再び言ふ、生は天恵の権利である。日本国民がその生を全うする上に必要なる途は、何れの国民と雖もこれを塞ぐ能はず。故に必要上缺くべからざることで、而もそれが他の利益を損はぬことであれば、日本はそれを要求しても決して侵略とは云へない。此意味に於て日本国民の大陸発展は正当である。此の正当行為の前提として在来の中日関係を更めて、誠意ある親善を許らねばならぬ。誠意ある親善とは、久しき以前より唱へられたる日支親善の如き親善ではなく、茲に云ふ中日親善の如き親善である。此の親善あつて而も尚ほ中華民国と日本帝国の提携が出来ぬならば、予輩は先づ黄海に投じて死なん。

原發表於《台灣青年》第三卷第二號

巻頭辭（一九二一、九、十五）

欧戦終局以来高調せられたる道義思想、民本論潮は漸を逐うて太平洋の一隅に孤懸せる我台島に幾分か其の余波を及ぼして来た。彼の地方に自治の準備制度を布き、中央に参政の前提機關を設け、或は義務教育を論議し、教育令を改正せんとするが如き新事象は、何れも世界大勢の然らしむる所である。

斯く観れば永く疑問中の台湾は漸く専制より立憲へ、闇黑より光明へ進まんとし、善く言へば既に保育時代より自治の初期たる訓練時代へ這入らうとした。此の秋に当つて彼の時代錯誤の強圧鎖島政策、又は喪心病狂の絶望自滅思想を以て、世界図上より此の一小孤島を抹殺しやうと云ふやうなことが出来なくなつたと同時に、新時代に生きんとする吾々島民は茲に奮励一番世界改造に貢献すべき応分の責務を果すべき覚悟を有たねばならぬ。

果して然らば今後吾々島民は世界大勢に追応せんが為め、現社会の改革に関し、須く公正慎重なる態度を持して、固有の民習に鑑み、世界の趨勢に照し、周囲の情境を究察したる上、最も健実なる民論、真に厳正なる民意を発揮せしむることに努力せねばならぬ。聞けば今度当局では施政上民意を參酌せんが為め多くの重要事項を評議会に諮問したさうだが、然し現在の評議会は民意を代表し得る程度のものでなく、従て多く之に期待し得ないのみならず、官選制度の通弊として動もすれば権勢に媚び過ぎて却て真の民意に悖り易いものである、故に目下民論初萌の秋に於て真正なる民意を発現せしめむが為めには、民間に在る有識人士は宜く常に之を監視し匡正する必要があると共に、当局に於ても十分に之を監察し善導する必要があるであらう。殊に今度の諮問案中民法商法除外例問題の如きは最も実際と学理との両方面に深く考究すべき重大問題であつて、決して同化々々と買被つて盲滅法に何もかも結構々々と答へさへすれば陸官発財し得べしと云ふ様な痴者に囈言を吐かす性質の問題ではない。即ち宜く十分我島の実情に徴し其の共通し得べき部分のみを施行し、現実の社会に適合せざる部分は必ず新法を設けしむべきことは社会の反映たる法律其のもの丶性質上より来る当然の帰結である。幸に我島有識人士には日本固有の民情慣習に根底を有せる親族相続法の如きもの一字半句も取捨せずに全部其儘で、特殊なる民情慣習を存せる我島に強行しやうと主張する様な先天的低能者は余り発見し得ないのみならず、又賢明なる当局の中に於ても敢て斯る歴史を無視し、時勢に逆行せんとする様な暴論を為すものがあるとは曾て聽かないのである。

要するに吾人は茲に世界の大勢に促されて、我島の旧状は着々改新せられ、且島民の生活も漸次意義ある方面へ進みつ丶ある現象を認め得ると同時に、我島の有識人士は各自の社会的任務として常に厳正なる民意を究察し、衡平不偏なる言論を発表し、以て当局施政の參考に供し、帝国統治の美果を収めしむるに奮闘努力すべき覚悟を有たねばならぬと信ずるものである。

原發表於《台灣青年》第三巻第三號

巻頭辭（一九二一、十一、十五）

此頃日本内地では地方教育費節約問題で議論が沸騰してゐる。民間有識者、全国教育者、それに在野の政党政客が加つて三角同盟の如き態をなして、政府の豫定計画に対し猛烈に反対の烽火を揭げた。戦後に於ける世界的不景気の応急策として、各国は等しく各方面の消費を可及的に節約せうと務めてゐる。欧洲戦乱の間独、佛、英等はまだしも米国までも糧食を節約制限した。目下の問題たる太平洋会議も其の主要目的は軍備縮少にあり、依つて各国の軍事費を節約し各国民をして重税の苦惱より脱出せしめ以て世界的文運の促進に資せうとするにある。即ち節約制限なる声は、戦後に於ける経済的疲憊を恢復せんとする、消極的ではあるが、世界的の大要求であるのに何故斯くも国民挙つて現内閣の節約案に対して反対を称ふるであらうか。夫れは国民の反対するは節約其のことにあらずして、全く節約し能はざることに向つて現政府が節約の大斧鉞を加へやうとする其のことにある。現政府の提唱なる節約案は不幸にして冗費についての節約にあらずして、国民教育に対する無理解不熱心から起因した教育事業に対する虐待であると認められたるを吾人は甚だ遺憾に思ふ。されど国民の熱烈なる反対に政府がその耳朶を傾けたと見えて地方教育費節約の計画を断念せうとするのみならず、教育費の国庫補助額を増大せうとするの意志ありと伝へらる、これ果して真ならば現内閣また聡明なりと称賛してよい。

（編註：以下一段文字於原文中被刪除，不准刊登）

一両年来は同胞の中から真実を語る勇気を持つ人士が続々と現はれ、過去現在の教育状態に対して不平不満を洩らすものが殊に多い。現当局もこれに鑑みてか義務教育実施可否の諮詢案を提出する運びとなつたのは、確かに従来と一風変つて居る。而して義務教育の実施には一億圓を要するのだと聞された評議員の大多数は当局に胆玉を全く抜かれて終つたやうで延期を主張したのだ。

本島の文化は業に相当の域に達し現代生活を営むに支障なき程度にあるならば免も角も、さなくば一億圓ところか、其の十倍をも喜んで掛けようと云ふが如き気概を示すべきである。それも果して一億でなければ実施し能はぬであらうか吾人は疑ふ。縦や是非夫れ位は必要であるとしても、何も更に同胞の膏血を絞らねばならぬことは断じてない。何故なれば我々本島人は母国に於ける内地人に劣らぬ有名税及内地よりも多くの無名税を納めてゐる。それをさへ節約して使用せば台湾の義務教育は遠き昔から完成されたに相違ない。同胞諸君！出すべき金は吾人喜んで是を出すべし、されどそれが蕩費されぬ様に極力節約を叫ばねばならぬ。

原發表於《台灣青年》第三巻第五號

巻頭辭（一九二一、十二、十五）

本誌の九月号即ち第三巻第三号は、総督府当局の為に発売を禁止せられて，読者諸兄に配付するを得なかつたのは甚だ遺憾に堪へない。加之第四号及第五号も亦倶に発売の一部禁止となつて，其重要の論文を数篇つゝ割去するの止むを得ざるに至つた。斯の如く数箇月間引続いて，読者諸兄に或は全部雑誌を配布せず，或は重要の論文を割去した残余の雑誌を配布するが如きは、本社として実に遺憾千萬に存ずる。当局の処置であるからどうも致方が無い。偏に読者諸兄の御寛恕を乞ふ次第である。殊に之に関して読者諸兄より多くの慰問状を賜つて、御厚意の程深く感謝致します。

思ふに本社の台灣青年雑誌を発刊するは、普通の雑誌経営と異なり甚だ困難てある。台湾青年は内務省の検閲を経べきのみならず、台湾に於ける読者諸彦に配布せんとするものは、更に総督府当局の厳格なる検閲を経なければならん。関門多くして発刊は誠に不自由である。第三巻第三号の発売禁止となつた後は、本社では原稿の審査を厳重にし苟しくも総督府当局の喜ばざるべきものと認めたならば悉く之を除却し、他の一方では東京総督府出張所に一応検閲をして貰つて後、始めて印刷すると云ふ様に、及ぶ限りの赤誠と最善を尽したけれども、当局は益々取締を厳重にして第四号第五号の如きすらも其一部を禁止した次第、本社の苦衷何分御賢察を仰ぎたいのである。殊に奇怪に堪へないのは、漢文部の論文題目「就台湾文化協会而言」に就ての取締である。該論文は曽て第三巻第三号に掲載したが、第三号は発売禁止となつた時、当局に対して禁止の原因となつた論文の孰れなるかを質した処、当局は台湾教育に関する根本主張及び他の二題なるを示して下れた。即ち漢文部の論文「就台湾文化協会而言」は発売禁止に関係なきを知り次の第四号誌に再び掲載することとしたのである。然るにも拘らず、台湾当局は本社取次所に対して、意外にも、該文の「就台灣文化協会而言」を不可なりとして割去を命ぜられた。其後当該論文を台湾の台南新報及台湾新聞に投稿した者あり、両新聞倶に之を掲載した、して見ると総督府当局の取締は前後矛盾自家撞着も甚しいものと云ふよりか、本社に臨まるゝの態度は余りに感情的に成り過ぎはしまいか。吾人は篤に当局の反省を求めたいのである。

抑我社の台湾青年を発行した根本精神は既に屢次之を宣言した通り内は以て台湾文化の向上を図り、外は以て日支親善を促進せんとするに在る。一に帝国の将来を慮り人類の平和を希ふの外何等の他意がない。今迄は內地諸名士の意見を台湾人士に紹介するの機関なく、又台湾人士も自己の意思を內地の人士と疏通する途がない。相互が丸で別の世界に封鎖せられたかの如き観を呈して居る。これでは台湾人士の不幸は勿論帝国の将来のためにも面白くないとの理由で本社は在京台湾青年に依て組織されたのである。斯の如くして成立した本社は、当然大いに総督府当局より同情を受くべき性質のものであるに、却て動もすれば之を妨害されんとして居る。当局の御意思果して那辺に在るか察するに甚だ苦しむものである。敬愛する内台諸士、願くば本社に同情を寄せられよ。

原發表於《台灣青年》第三卷第六號

巻頭辭（一九二二、一、二十）

歳序一転平和の光に満つる機運となり、旧を送り新を迎ふるは人生の常事と雖ども、萬象之が為めに新を呈し、人類も亦此の悠久なる歴史的循環に依つて進化し、競存し、扶助し来り、又はしつゝあることを思つたときに、吾人豈沈默無為して居られやうか。

佛国大革命に依り一七八九年に発せられたる人権宣言は人権自由の思想を確立したるも、又米国の南北戦争に依り一八六二年に発せられたる奴隷解放令は奴隷廃止の人道論を実現したるも、是等固より短少なる歳月を以て広汎なる世界、衆多なる人類全般に活用し得べき普遍的性質のものでなく、それ以来の人類生存史なるものは依然として強弱闘争を以て飾り、軍国主義、侵畧思想愈跋扈し、権力抗争、階級対立益明確となつたのである。是れに因つて今次の世界大戦を醸成し、而して此の人類空前の大犠牲を拂つた結果、先に巴里会議に於て国際聯盟を締結し、今度華盛頓会議に於て軍備縮少、四国協商条約を成立した所以である。

茲に於て乎、太平洋上に於ける蕞爾たる我台灣孤島は帝国に属せる新領土として直接間接に此の世界変局の影響を受け、今や既に頑迷なる旧思想者流の鎖島愚民主義を根本より覆へさむとしつゝあるを認め得て頗る欣ばしいことである。蓋し国際聯盟条約に依り確立せられたる土着人民の福祉及発達を計るべき新領土統治原則の間接影響を受けざる理なく、又今次の四国協商条約の所謂太平洋方面に於ける島嶼に含まれて直接に外界の平和を保障せられた訳である。

其れ然り然りと雖ども世界平和は戦争に訴へざ程度に於て、極東の平和は軍備を縮少したる程度に於て又我島の平和は兵禍を免れ得べき意味に於てのみである。若し視線を転じて彼の人類内部に於ける強弱戦、階級戦、種族戦の如き、尚ほ各国、各社会、各民族を通じて縦横錯雑に行はれつゝあるを看破したならば其の真正なる思想的人類平和に達するまでの道程尚ほ頗る多難多端と謂はねばらぬ。左れど歳月は進みて絶ゆることなく世界新文明の産み悩みは終に完成すべき必然的のものである。乞ふ我島青年諸君！各自猛省一番、眼光を大局に注いて躊躇逡巡せずに世界の文化に突進し、人類の福祉を進求せられよ。而して世界に於ける人類の一員として応分の職責を竭し最善の貢献を致さしめよ。

原發表於《台灣青年》第四巻第一號

巻頭辭（一九二二、二、十五）

今日の時代思想として、世界十六億個の人心を支配し、三十二億本つゝの手足を使役しつゝある、最も深刻にして熾烈なるものは何であるかと問へば、恐らく、平和に対する願望であると即答するが十中の八九を占めるであらうと思ふ。然り、平和を愛し是れを渇望するの心は、誠に現代思潮の特色であり、有史以来、曽つてなき異彩である。先に国際聯盟会議は開かれ、今にまた太平洋平和会議が正に終りを告げやうとする、是何れも覚醒せる現代人の真なる内部的向上の具体化したる現象に外ならない。

されど、四ケ年程以前までの世界は、此の和平に就て全く暗黒であつた。人々は征服、圧制、強奪、争闘怨恨の心を以て本来の心と認め、強は弱を併し、富は貧を隷するを以て天命なりと誤信して、「力即ち正義なり」これを唯一の信条した遵奉した。百鬼夜行の修羅場!!思ふだに戦慄の至りに堪へぬ。水は均衡を失すると流動して渦乱を起すと同様に、過去に於ける人類の争闘は吾人これを民族間に於ける不均衡に因ると断ずる。而して人口の過剰、物資缺乏などの問題はその不均衡を生ぜしめる第二次的原因となるであらうが、然し決して其の第一次的真因ではないのである。吾人の所信を以てすれば、人類争闘の由で現はれる諸民族間の不均衡は一に各生活単位の素質薄弱にあると考へる。低き処へ水が落下するやうに、薄弱なる生活單位に向つて強暴の爪牙が及ぶのは、遺憾ながら寧ろ自然ではなからうか。

於斯乎吾人の最も力説せんとすることは、平和の為めに「自己を完成すること」である。自己満足の為めの自己完成ではなく、世界平和の為めの自己充実でなければならぬ。是れ誠に今日の世界を通じての最緊要事であつて、人類相互の根本的欲求である。故にこれを明確に自覚するものは始めて現代人たるの名に恥ぢず、これが為めに己を損うても他を助くるに吝ならざるものこそ、現代的の新人であると云へよう。ア—台灣の山は高し、吾人この世界風の防がれざるを祈り、また台湾は狭しと雖も、斯る新人の乏しからざるを信じたい。

原發表於《台灣青年》第四巻第二號

母國人同胞に告ぐ（一九二三、十一、廿一）

人類の生命これ実に至上の天恵である。此れが絶対価値を保有するの義務と享楽するの権利を各人は等しく賦与せられたのであります。而して人類間に於ける文野の別あるは、全く此の生命の絶対価値に対する自覚とその義務権利の行使如何に存すると確信致します。誠に文化人と云ふは此の天賦の生命をその高貴なる気品の儘に讃美し、八面透徹、至らざるなき彼の神通力を実際に顕現し得るの人間に冠すべき栄誉ある称号であるを思ひ、宇内十七億の人類同胞間に介在せる文化人の隊伍に列しその使命を果さんとするは是れ即ち吾儕の究極的理想であります。

吾濟の胸裏に把握せる指導原理は正に前途の如し。されば吾儕の現実行為、吾儕の懐抱せる理想を現実化せむとする我が努力の形式如何と云ふに、一言以て之れを蔽へば、吾儕は台湾文化の発展向上を策するにあるのみと申します。

我が台湾はその土地北廻帰線上に跨って独り太平洋中に浮ぶ。其の山は高く、峰は雲上に聳えて夏尚ほ極地の趣を呈すれども、平地は即ち常緑の楽園である。四面環海交通八達、正に東洋に於ける往来の要衝地たるを失はない。若し更に眼を人事方面に転ぜむか、オヽ台湾！我が愛する台湾は実に全東洋の縮図だと云ふて宜しい。我が台湾は実に斯る特色を有し世にも稀なる異彩を放つてゐる。此の特色を益々発揮せしめ、此の異彩を汚損せざらむやう吾儕は特に人事界に於ける複雑なる関係を調整して、相互存在の意義を深からしめ進んでは東洋諸民族間の友愛協力を増さしめむと切望して止まない次第であります。台湾は三十年近く以来、実に内地人、山内人（敢て生蕃と言はず）並に我々本島人の共同家庭であつて、爾来此の家庭の状如何、これは見る人に依り自ら甲乙の判断を下すであらうが、併し現状のまゝでは到底満足すべきにあらずと一致するに相違ありませぬ。我が台湾文化協会は実に本島社会生活上の欠陥を洞察しこれが救拯の任に与らむとして創設されたのであります。吾儕は文化的社会生活の基礎を各人の善良なる個性を濶達せる人格の上に置くものなれば、個性尊重及び人格完成を以て我が会員活動の第一義と為し我が協会存在の根本使命と致します。

惟ふに我が協会過去満二ケ年間に於ける活動の成績は照然として衆目の認むるところ、幾多の難関に遭遇してもよく不屈の意気と熱烈なる赤誠とを以て一貫し、悪戦苦闘以て今日に至る、是れ一に我が総理林献堂氏並に専務理事蔣渭水君其他会員諸君の奮発僶勉協力一致に依ると雖ども、又若し挙世大方よりの同情と援助なくんば何ぞ今日の盛運を迎ひ得るであらうか。予不敏なるに我が会員諸君の推挙を辱うて去る十月十七日の総会に於て前任者の後を承け我が協会の専務理事に任ぜられました。自ら窃かにこれを一生の栄幸と感ずるよりも実は却て使命の過大なるを危懼するの念に堪えない。けれど若し聊かなりとも我が同胞の文化生活に資するあらむか、粉身砕骨以て犬馬の労を致さむとは是れ誠に我か人として以来の心事なるが故に、槽櫪に鞭ちて愚誠を披瀝し力行息まざるを期して以て諸同志と協力勇往するの所存るの所存であります。切に大方諸彦の指導賛助を希ふ次第であります。

我が協会の事業としては従来会報を発刊して会員間の連絡となし、諸処に読報社を設けて地方人士の為めに消息獲得の一助とし、また長短期の講習会を催して専ら社会教化の為めに尽して参りました。今後も大体既定計劃を継続すると共に尚ほ左記諸項目の実施貫徹を期します。

一、羅馬字の普及
二、羅馬字図書の編纂発行
三、夏季学校の設置
四、体育の奨励
五、女子人格の尊重
六、風俗改良並に趣味向上に資すべき活動写真会音楽会演劇会等の主催

以上六項目を我が協会新事業の綱領と致しますが、羅馬字普及の条に関し特に一言述べたい存じます。従来我が台湾島内に通用せらるゝ文学は和漢二種なれど、永き前より教育の普及せざりし結果、此等を使用し得るものは全島住民に比して極めて少数に属し、我が本島人三

百五十萬眾の中では僅か三十萬人足らずかと考へます。山内人はその全部文字なしであるは申すに及ばず、我々本島人の婦女子もその大多数は文盲なりと云ふて差支なし。それに男子の中農民と労働階級の人々はまた上記婦女子の現状と百歩五十歩の差のみで、斯るが故に我が本島固有の文化は遂に愈々失墜するの悲運を惹起し、島外諸々より伝来する新文明も徒に社会一小部分にのみ固定して全体の福祉を増進するに足りない。況や内地人はその固有の言語文字に固執して台湾語に親しまず、本島人はまた学習機会の鮮少と負担の過重とに因て、一部青年の外、国語は彼等に取つて外国語も同然であります。その結果目下の内台人間は截然たる絶大の溝渠を以て遮ぎられ、相互は甚しく自他の事情に疎く思想の交通に至つては更に空でありります。偶々また卑劣なる徒輩の醜行もこれに加はるので、我が台湾社会の実状は宛がら動工場の観がある。否人語を解する檻に収められた犬猿の展覧会と云つた方がより適切かも知れませぬ。吾儕は何うして之れを晏如傍観するに忍び得ようか。

茲に一部言をなすもの云ふであらう、我が島内百般の施設に対して自ら督府当局が常に鋭意苦心の上賢明なる政策を行うて着々と良果を穫めつゝあるなれば、敢て菜食草莽の関知すべき限りではないと。然り云ふまでもなく我が督府当局には自分その大策経綸を展ぶべきの範囲あり、されど上述の如き範囲に於ける施設救極をも当局に一任すべしとするは蓋し大なる謬見、非常な無自覚無責任と云はねばなりませぬ。斯く茫漠とした一般的社会教化の問題は畢竟民間自身の奮起に待つでなければ解決絶対不可能に属すると信じます。殊に我が台湾の如き場合にありては吾儕甚だ自ら負ふべき責任の重きを感じ今まで積極的努力を怠りし咎を痛く恥入る次第であります。吾儕は茲に台湾羅馬字の普及をなし適切なる図書の編纂発刊に依りて督府当局の施設と相待ち我が同胞の社会的文化向上に聊か貢献あらむと熱望するものとあります。

台湾羅馬字とは羅馬字に台湾語固有の発音を附し特別の綴方に依つて我が台湾語を書表すもの、即ち日本羅馬字と同じくして発音と綴方を異にする。これは西暦一六三六年頃和蘭宣教師 Robert Junius に頼り最初本島山内人に伝へられ、其後一八六五年英国宣教師 Dr.Maxwell は伝道の必要上我々本島人に教授せられたのであつた。爾来島内基督教会では専ら此の文字を使用して聖書を始め讃美歌、教会報等を出版して参りました。けれども島内一般に於て殆ど該文字の存在を認めなかつたのは台湾文化発達の為め誠に一大遺憾事であります。幸に我が協会は時勢の要求を察し倶にこれが実施普及を一決し得たのは実に欣喜同慶の至りであります。

然るに吾儕は往々本島在住内地人中より此の挙に対する反対の声を洩すものあるを見る。曰く言語統一の機運、内台同化の根底たる国民性涵養の事業を阻害するとか。其説の多くは勿論憂国の至誠より迸つたのであらうが、甚だ取るに足らざる時代錯誤のだ論であつて曽て未だ理路整然した反対意見に接したことがない。予は本文の余り冗長に過ぐるを恐れ、羅馬字普及に関する愚見は追うて別稿を以て陳述することに致し茲では単に我が台湾文化協会の趣旨を述べ併て我が協会の羅馬字宣伝は、全く四海兄弟の精神に立脚して、本島三百余萬同胞の內的充実を計り以て內台人の融和協力を促進せむと祈する一存のみに由ると明言致して母国同胞の賢察を乞ふ次第であります。

原發表於《台灣民報》第十一號

創業五週年和發刊一萬部所感（一九二五、八、廿六）

人說：「哀莫大於心死」，真的，這實在是至理的話。這句話的裡邊，豈不是還有一句要說：「若心不死，還有指望，不必悲哀」嗎？《台灣民報》，這本小小的但是活潑潑的小報紙，很有如今的地步，確實是單靠了一個不死的心，除此再無別的甚麼了。

《台灣民報》是台灣雜誌社的附屬機關，這個台灣雜誌社的前身，就是台灣青年雜誌社，是大正九年春初在東京創始的，至仝年七月十五日方纔刊行雜誌《台灣青年》的第一號。諸君，那本《台灣青年》，正是從彼時住在東京台灣青年人的熱烘烘活潑潑的不死心裡跑出來的正義鼓，自由鐘啦。嗳呵，那本小小通氣窗似的《台灣青年》，一變為《台灣》雜誌，再變為《台灣民報》，而今竟成狂風吹也吹不動，洪水流也流不去的台灣言論的大砥柱，想來是感與無限的！

回首看看創業當初的樣子，我怕大家忍不住就要大笑起來。無論要作甚麼事，非有充分的金錢，亦須有些勢力纔做得行，論我們這個機關，即就現在看卻也還是略略相似，但是最初創業時，正是勢孤力微，同人都是白面書生，那有什麼可用、什麼勢可靠呢？最初的資金，不過三千圓，除了一千圓的保證金，可充作流通資本的僅僅兩千圓，只可分作三個月的糧秣，東京台灣青年會，就是這雜誌社唯一的保護者，以外再沒有誰敢向前聲援了。那時當事人等，都是隨時生擒活捉的青面虎，那裡曉得什麼六韜兵法，但憑一個「敢」字直進，逢著山就想開路，遇著水便學造橋，這輩青面將軍，雖說是常遇過了奇想天外的阻撓，也未曾想退半步。單用一個敢字作本的青年雜誌社，全部的事務，最初是四個人分擔，林呈祿君保管金庫，林仲澍君掌理現金出納，彭華英君辦理庶務，我是擔任編輯並外交的事。此外各人不但尚有寫稿的義務，上自社長中至運動員下及小使的工作，都是這四個人的共同責任，可不是有趣的事麼？我們還有一個機關，名叫原稿審查會，不論什麼人的稿，皆要經這個會的承認，纔能揭載誌上。

那審查會員共數十人，我現在朦朧記不得真，蔡式穀君、王敏川君、羅萬俥君、陳炘君、蔡伯汾君、劉明朝君、吳三連君、蔡先於君、林濟川君、劉青雲君、徐慶祥君、石煥長君，以外尚有多人，每月聚集一次，各自開誠討論，每回都是論到天華亂墜口角飛霜，我想到這事，又覺彼時情景，歷歷在眼前。

《台灣青年》創刊以前數年間，在京諸同人對於中央人士，極力告訴台灣島內各般的情狀，恰好那時歐洲戰亂終息，平和解放的聲轟轟起來，關係台灣的事，在中央加了注意的人，由各方面亦漸次發現及至誌社成立，已有相當的輿論。而肯為台灣吐露公平意見的人，也算不少，請翻看創刊第一號，便可推想一般了。我這裡由第一號諸名士的文章摘錄幾句，給諸君作些參考。

阪谷芳郎男爵做了幾番大臣，他又是大日本平和協會的主腦，他說，既往二十五年的台灣政治，是專以內地人的知能資本所辦理的，雖然會使台灣的面目一新，但亦難免多少過失，俾台灣人生起不平，以後對於台灣的經營，必待台灣的人自己勉勵奮發，在於精神方面的啟導尤要這樣纔是。

法學博士泉哲他是明治大學的教授，曾在米國十有多年，他說，二十五年來的台灣政治，對於物質方面誠有進步可觀，但是對島民文化方面的啟導，實際疏缺得很，從來的統治方針，全然是屬本國本位的經濟政策，所以物質方面的進步，損害島民之點，多於利益島民之點。我想台灣的人若將教育的事一任台灣當局主意，勢必使台灣的前途再加了昏黑，島民諸君宜速猛起自圖文化的增進纔是！台灣民眾的福祉，不可專任當局的手造就，要你們大家自己去做。

東京帝國大學的教授法學博士吉野作造先生的文中有說：大戰以後，文化運動的潮流遍滿世界，台灣諸君乘這時機，欲有作為，這是應該的，凡這等文化運動，務要根據歷史和該民族的性質，是要自己主意去作方得成功，別的民族只能站在幫助的地位，以外斷不能代該民族做什麼。一民族的文化是要該民族自己擔任去作，台灣諸君會自己獨立作成文化，那時纔能真正與內地人協同，亦始得貢獻世界文運的向上，我們做日本國的人，是不要與那種無獨立的人格和自主的文化的人提攜，專好隸屬於他人的人，是我們最厭最不喜歡的。

明治大學長木下友三郎氏他亦曾渡台視察，他說：統治台灣的方針，聽說是同化主義，這個主義是未嘗不好，但願在台的內地人再明白些，不可誤會。那個主義斷不是要湮滅在台漢民族的言語、慣習、宗教等等，不是要使台灣人全然變成和日本人一樣。若對同化主義下一個通俗的定義，可說是要使新領土的人，得與本國的人，同樣承受王化的霑潤，換一句說，就是在法律上、政治上或是社交上，採用無差別的理想，對新領土的人，加與內地人同等的待遇就是了。若不是這樣想去做，單單想要滅盡了新領土人特有的言語、慣習、宗教的主眼，這不但是萬萬不可能的事，且怕要撥動新領土人的反感。再一點就是教育，我看台灣的教育施設不但不十分齊備，內容亦是甚然空虛，本來教育乃是國民生活的基礎，斷不許用人種差別的偏見，來使台灣人不得受均等的教育啊！

東京神學社的校長、又是日本基督教界的首領植村正久先生所寄的稿裡也說，台灣裡有所謂同化的問題在。內台人若永遠像油與水，各據一方而不能融和協調，那就實在不好。但是大家需要知道這個融和協調，斷不能用法令和威壓來作就的，需要採取精神的自然的方法，根據優勝劣敗的原則，方可得了美果。內地人間難道全無劣點，台灣人間亦未必全無優點，如說同化是要化台灣人全然與內地人同樣，這是大大的大錯誤罷。我從衣食住三方面看，台灣人比內地人站在優秀的地位者較多，豈有台灣人必要化與內地人同樣的道理嗎？台灣人的基督教徒，自好久以前就用了羅馬字著書，我怕在這點內地人趕不上他們，我希望內地人的羅馬字論者和政府當局，須抱有聰明雅量幫助這事發達纔是。

還有一人永田秀次郎氏，他曾做過東京市長，那時他卻是我們台灣和朝鮮學生的監督，又是貴族院議員，他亦在那創刊號的上面表白他的所感，其中有一二節說：余常聽過在京台灣學生告訴說，台灣的下級官吏非常橫暴，民間的內地人亦是十分傲慢，這是確實可表同情的。由大體看，再完成教育的施設，促進台灣人的向上，是最緊要的事，像今日在台灣受過了中等教育的人，欲再轉入內地高等專門學校，也沒有資格，當局者也沒有施什麼法子救濟，這可說是欠了親切。領台以來經過了二十五星霜，還沒有施行承認內台人結婚的法律，這亦是怠慢至極。但是台灣人倘欲得與內地人同等的待遇，亦宜先揣自己的力量。對於台灣的政治，青年學生間難無種種不滿的意思，但若較之朝鮮學生，我實在喜歡得很，朝鮮學生開口就說獨立，皆是紊亂朝憲的行為，台灣學生所要求的絕不似此，他們所主張的若稍待時機並用適當手段，我想非屬全然不可能的事，是必有成功的日子咧！

以上列記這五位，在東京的政治界、精神界、學界都屬第一流的人物，他們盡是溫和派，又是秉心說話的人，他們這幾段話，原是應應該該的平常話，並不是弄什麼奇矯假設的言辭。無奈那時的台灣，還屬黑暗時代，道德顛倒，真理埋地，人人都是恃強使勢，怎肯講什麼人道平和呢！所以當時這本雜誌自東京一至台灣，不但內地人方面議論轟轟，便是本島人方面也都奇怪，以為自內地人的嘴不該有這話說。從中最惱恨者就是當時的下級吏員，他們都是漫罵一場，說這皆是無理至極的話，是亂心人的口氣，是過激左傾的思想，是有害公安秩序的暴論，這是他們不約而同的直覺，他們不待上官命到，苦不得將那本雜誌踐踏成灰，所以處處疊現壓迫的行為，他們拚命調查，見一本書就收了一本，知道一個人閱讀就召那個人詰責。因為事勢如此，彼時一般的人眾，怎敢公然面向這本書呢？我們在東京聽得這個消息，也沒有好法子可以救濟，只是草了一篇文，印刷分布，告訴朝野人士而已，最可笑的就是當時在台的內地人，有人直接寄信，亦有人間接在島內新聞上肆罵前記那幾位，是沒常識非國民。不但如此，自第四號起，台灣當局幹部也取了壓迫的方針，禁止發賣頒布的命令，似風似雨的頻頻而下，唉！你們想一想看，誰能擋得這無情的大鐵鎚，我們怎站得住呢？先人說得是，「德不孤必有鄰」，幸而島內各地，像我們單抱個不死心的青年，這亦是不約而同，忍不得坐視我們的危急，有的猛起疾呼擁護，有的集款寄附，有的同盟購讀，如台灣北醫專及台北師範兩校的有志青年，每月定購百餘本，不錯，青年人誠為國家社會的精氣，有這精氣人心纔得不死，世上纔有進步。不但台灣島內有這反響，在東京的人士，對我們亦十分表示同情，我記得是大正十年春，在帝國議會眾議院，代議士安藤正純氏也曾為我們詰問田總督，何故那樣的無理壓迫民論，為我們吐了萬丈鬱憤之氣。

我還記得一事，就是當我們創設誌社的時代，下村海南博士正做台灣的總務長官，他彼時對我告明，希望我們將這個誌社移歸台灣，政府必給相當的保護。因為那時我們同志中，要暫時再住東京的人較多，且想要打破在台一部內地人的頑固思想，須藉中央公正的言議纔行，所以只謝了他的好意思，仍然在京經營。那時下村長官的意思是說，他們在台做官，必要知道台灣人的意向方好辦事，所以我們設了這個誌社，他甚喜歡，但是在東京印刷然後寄回台灣，未免過於遲緩，不能十分資助參考。最初我們也不是沒有這個打算，無奈事情是像前所記的，故不得隨便實行，但是如今我們各般的安排已經整備，所以自昨年就對督府出願，要將東京本社移歸台北，昨年是內田氏一派當事，不容易許可我們，那是不足怪的，但是現當局到任以來，也不是兩月三月，仍然沈沈地絕無聲息，這實在使人難解。難道現當局是不喜歡本島人敏捷明快的議論報道麼？我斷不信，其中必有別的緣故，只是我不十分清楚，所以使我不得不怪起來。雖然我信不久必有好的消息。

諸君，人生在世，身若活得一刻，心也要跟著活一刻呀！如果心不死，必定有事可做，百般的建設就會對這裡振興起來，世上也就漸漸加了趣味。我們小小的事業，也是在個寸心的大路上跑，創業第五年會得發刊一萬部，再五年我想必加今日十倍。將來得如此發達與否，我是難以逆料，總是我們是要這樣希望這樣努力，若不是這樣呢，我們怕無出頭的日子罷。諸君，我們的心不要死，我們只在正義路上跑去，正義是不死，正義必得最後的優勝。我們這個機關，會不離開正義，再五年後要發刊到十萬部，豈是無望？又豈是奢望麼？諸君，容我再盡一句，五年後的事，我們是要這樣著想要這樣努力，但是眼前有一事更要希望更加用心的，就是要將這個《台灣民報》變作日刊的新聞紙，若不是如此，我們終要做了不完全的人呀。因為當今是尊重輿論的時代，新聞是民眾社會的耳目，是表現輿論的機關，社會若沒有個新聞，在那個社會的人，是和瞎者聾者啞者一樣，怎得與人說什麼平等自由的話呢？台灣現在有三個新聞，人也未曾見過它替了最大多數的台灣人說何等話，我也等它好久了，但是它總不喜歡說好話，卻要說出很多的瘋話，我而今也不再囑望它們了。兄弟們呀，我們豈不是有三百六十餘萬麼？我們不想快造一個通氣的門戶麼？我們豈不是鬱積要死了麼？《台灣民報》有今日的盛況，也算是可喜可賀的，但是這個照現在看來，是個不像樣子的東西，是不濟於事的。我們總要決心，再上數步努力去做，方纔可以和人堅固的站住一角。

原發表於《台灣民報》第六十七號

我望內台人反省（一九二六、一、一）

人是社會動物，從沒有人孤居獨處會享人生所應有的幸福，換一句說，人生一切有價值的生活，是藏在社會生活的裡頭，別處是斷斷沒有；由反面看，亦可說人是因為要做有價值有幸福的生活，所以群居組織社會，若是沒有甚麼價值幸福可以攫得，無論何種社會甚麼人亦不願意參加。這兩層話順逆都是真的，有價值有幸福的生活，是由人的心底要求出來的，但是要做這等生活，是必在於社會，除卻社會以外再沒有別的方法，這可說是一弓掛了一箭的關係。所以人由社會若是沒有幸福可指望的時候，他自然是一途對他的社會計謀改革，到能夠滿足他的要求，方才平靜。

有一輩人，視人為社會附屬，不管個人的自由，只說人人要做社會的奴隸，聽社會的要求貢獻犧牲，才算是盡忠有義。這種的話，是軍國主義者最慣說的，他們所說的國家社會，是單指幾個人的意思，與國家社會的全員並沒有甚麼關係，是要求最大多數的人做了最少數人的機器，奉仕他們。這是本末顛倒無理至極的話，人自己不想甚麼，只是憑人們的要求，做了人們的犧牲，做了機械的生活，是有甚麼價值有甚麼幸福呢？不消說這等生活是人人所不願意的，這樣的社會是非常不自然的東西，人人定是看做牢獄一樣。有價值有幸福的生活，這是人人生來的要求，人類的社會生活，不過是要應這個要求的手段，像軍國主義者所說的社會國家，既是不能保障最大多數人的幸福，如此社會於人有甚麼用處呢？所以專制社會專制國家的制度，從這世界上是已經將近到了絕跡滅蹤的地步了。

專制社會專制國家雖則由這世界上完全絕滅，人是斷不能離脱社會國家做了孤獨的生活，不過是可以離開一個不合人生的社會，別做一個快樂人意的社會而已。再一則，人的身子是以筋肉生成的，筋肉且有感覺，且要時常新陳代謝，所以利己之慾，不住的在人身內咆哮，孔子說七十而從心所欲不踰矩。人既是這樣的怪物，一定要有規矩可牽制他，就是要有權威纔是，這就是人人要做國家生活的原由啦。我信人類需要在於完善的國家生活中，纔能做成有價值有幸福的生活，始能顯現人生本來的意義。不消再說，這個完善的國家，是會扶善挫惡，秉公執正的呀。

我先要希望台灣人兄弟姊妹一句，兄弟姊妹們呀！我想上面所說的話，是你們各人所明白的，亦是你們所贊成的，但是，我對我們社會的實際看，便不得不生起怪來。是怪甚麼呢？是怪台灣人的兄弟姊妹，或者不十分清楚有價值有幸福的生活是甚麼。是對乎社會生活的根本意義，比諸他人，是還不明白多咧。這卻不是台灣人生成這樣無理會的，要說是久年失了教育之功的結果啦。人不懂社會生活的真義，他在社會上的行為自然朦朧，終末不但他對社會沒有意識，因為人是不能脱離社會，所以不知不覺的，將他所屬的社會當作他人的看，他在這個社會中生活，總是想做自己與這個社會沒有關係，但是這個社會卻是與自己大有關係的，簡直說，就是他只感覺他要受社會指揮，總不能對社會加減甚麼，再明說一句，這樣人對於社會終是被動的東西罷。我們已經說過，社會生活最完備的就是國家生活，在國家生活的裡頭，這種被動的人，甘心做了別人的隸屬的占最大多數的時候，那時就是專制國家強盛的時代，就是人生最無價值最不幸福的時代呀。台灣的兄弟姊妹們！你們現在所處的社會，是不像三十年前。你們曉得嗎？三十年前是滿清專制治下的野蠻社會，現在是日本憲政治下的開明社會啦。在這憲政治下，個個是要自動自由的人，是個個的人要有自主獨立的人格，用這個人格的判斷，做有責任的行為，對這國家社會貢獻所應當出的，承受所應當得的，要是這樣做，人生方有價值才有幸福，這個憲政制度也才能夠發達起來。但是我看現在多數台灣的兄弟姊妹，似乎還是掛了三十年前的頭面，不會甚麼人格的自由，不敢說甚麼他們心裡要說的話，沒有敢上前做甚麼有責任的行動，只是事事窺人的鼻息，或者有幾個在沒有人見的地方歡聲，斷然是沒有敢在多眾面前呼號的。這樣的人直是專制治下的奴才，是萬萬不能成作憲政治下的自由人啦。台灣人的同胞們，有價值有幸福的生活如果是你們所要求的，像現在這樣的頭面是萬萬不可，你們要大大的反省才是呀。

我一面要希望內地人諸君，內地人諸君比較台灣人，萬事是懂的多。你們比台灣人早受過新教育，又比較台灣人加有自由可作社會上政治上的訓練，所以你們的力量，都是台灣人所萬不及的。但是我看你們對我上面所說的話，也是似乎不甚清楚，我看你們還不明白社會的自由契合和連帶關係的意義，就是對於人類經營生活的方法上有些不清楚的地方。本來社會是人要經營有意義的生活做出來的，可說有意義的生活是目的，組織社會是手段啦，不消說這是唯一的手段。雖然在台的內地人諸君似乎看錯這點，將目的看做手段，將手段看做目的的樣子。若不是這樣，怎麼內地人常叫台灣人無視自己的生存意義，要他們參加單對自己利便的社會呢？舉一個例做證，譬如用內地人的意思所做成的製糖會社，全不理會台灣人農民的生活如何，只要他們參加共事，因為他們在這種社會是要受虧太多，所以自然是不喜歡的，台灣人說不願意參加，便用種種的手段壓迫，近來有些懂事的組織蔗農組合，想要維持他們農民的生活，內地的新聞雜誌，便就特書大書，說是台灣人思想惡化，要藉多數的力抵抗內地人等等的無稽之談。內地人諸君！我希望你們平心想看，假使你們的地位和台灣人的交換，像台灣人這樣謙讓的行動，你們會做的到麼？多數在台的內地人諸君，累累要說，台灣人不當自己思想甚麼，凡事都要依憑在台內地人的意思，不然就是背逆日本帝國，甚至有說要趕不順趁的台灣人出去島外。噯呀！這豈不是錯會的很麼，說這等話的人，比路易十四世的口氣，說「朕即國家也」更是兇狂的多，全是持權靠勢的口吻啦。內地人諸君，我和你們說，台灣人比你們不懂事的較多，你們實際是加有一日之長，所以事事都要看你們的樣子，供作他們模範，你們若是以理以情對待他們，我信自然是無事平安，若是照前所的，萬事都要使身使勢，我怕是還要多事咧。我們的國是立憲開明的國，立憲國民是要順理說話，憑話做事，除去國權國法而外，是沒有絲毫的權勢可使，像在台的內地人諸君既往的行動，老實是令人傷心，似此做了立憲國民的體面，豈不是全然掃地麼？

做有意義的生活，是萬人戶要求的，要得這個生活是必多人聚居，能與越多的人群居是越好的。在我們這個小小的台灣島，能得這樣多數多種的人互相聚會，這算是一種的好緣分，所以我是出自心底，希望內台人同胞，早早的融和起來，做成最有意義的共同生活。但是照目今的情勢看，是遠不及我們希望多咧，以此我不得不視察其中毛病是生在何處。以上是我所觀察的片面，當這大正十五年的新春，抱著遠大的希望，寫了幾句給內台人同胞看，是不外要我島內弟兄和好共饗人的快樂。我望台灣人同胞，你們要早識時世，改變自己的頭面，捨棄從來的奴隸根性，造成完美的人格。再一面，我望內地人同胞，你們不要看重目前，抱著優越的感情對待別人，需要發揮先進先知的本分，做了好模樣給台灣人看才是，就是希望大家表示立憲國民所應有的襟懷啦。

原發表於《台灣民報》第八十六號

鐵窗吟懷（一九三八、二）

半百生涯不理家，期將王道起東亞，
中原此日同蒸沸，身在鐵窗消悶暇，
米雨歐風勢震天，東侵許久盡靡然，
鬩墻兄弟能防侮，破裂江原尚可填，
慷慨淋漓是素平，癡心夢策海澄清，
久年酣夢而今醒，不見河澄海不清，
五尺殘軀監禁中，人情世事兩茫茫，
監扉凍結默無語，獨抱丹誠仰九重。

昭和十三年（一九三八）二月上旬
於東京市杉並警察署監房

地府行（一九三八、三、八）

一九三八年，風雲急急變，一月十八早，警吏襲吾眠，
二人來勢凶，厲聲要相見，慇懃引入座，氣色頗勃然，
直告上方命，索取舊拙篇，召我署裡去，有話自答辯，
明知因時勢，非有犯罪愆，既略知天命，平氣聽其然。

警吏左右附，倉倉上警署，靜待兩時間，查官始來赴，
傳我對面坐，目神似老鼠，當以實應答，嚴嚴先囑咐，
問會賴某否，答曾會一次，為何會見他，幾人同集聚，
會者共五人，打聽滬戰事，因他新歸來，見聞頗豐富，
應對只三分，我即下地府，冠帶盡剝去，撩袴入豬廚。

府內十一房，二房女人用，各房三疊蓆，壁上一小窗，

房中氣陰陰，冷冽如冰坑，衣厚者哺豆，薄者學乩童，
房僚多出入，六數為普通，日間排羅漢，禪坐不敢動，
夜間重疊寢，動亦動不動，唯有蚤與虱，橫直大猖狂，
儕輩多下流，體臭薰鼻孔，最難為情者，鼾聲比雷轟。

地府非世間，一日仍三餐，亦有山海味，鹽魚頂希罕，
頓頓白米飯，分文不要錢，奈何量無幾，房友訴不滿，
我本縐紗肚，每食讓小半，斯誠黑暗地，觸目盡悲觀，
唯有寢與食，無上之慰安，一頓值四錢，勝於享滿漢，
寢蓆難容身，如痦銀安殿，情感隨遇移，調節為上算。

監囚多無賴，卻非盡兇歹，有一大學生，撩袴入廚來，
羞容帶怒氣，默默口不開，大餐既不食，儕輩之佳醢，
垂首長嘆息，淚滴露悲哀，我見情可憐，許是受奇災，
茶室一侍女，房主迫污害，青年感義憤，出資圖救解，
侍女出店晚，無家可棲帶，青年謀諸友，別無良策在，
三人居一室，待旦再安排，更深巡警至，認作痴狂態，

一時難黑白，義人投豬界，水清魚自現，二宿乃歸回。

醉漢與偷盜，最惹同囚惡，醉狂初入廚，暴厲類猛虎，
專於夜半後，咆哮不小措，看守雖強悍，時亦退三步，
狂亂至高潮，下漏而頂吐，翌日心神定，乖順如小猴，
四圍受蹧蹋，聲息不敢露，污跡勤勤拭，白眼非所顧，
偶有醉婦入，眾囚暗歡呼，醉態雖不見，嬌聲鼓耳朵，
監吏雷公面，破顏迎嫦娥，大哉春氣力，地府猶娑婆。

小出孤且貧，無家可棲身，眼花而足跛，襤褸實可憐，
年紀過廿四，形相未成人，昨日方出監，今日又推進，
同人面相觀，怪訝為何因，小出嘆氣道，非我不認真，
遍街求工作，其誰肯俯允，饑寒刻刻至，欲步而遴遴，
適遇賣麵湯，無錢竟問津，前番來此坐，情由略相近，
左席一先生，不但不加憫，污言辱罵他，叫他早自盡，
小出性本懦，受辱氣勃震，兩眼淚汪汪，言之不能申，
半晌始開口，爾宜先自盡，我屬殘廢人，況兼無六親，

雖日饑寒迫，犯法我自恨，爾似頂上人，也被法所引，
對座初老兒，霜花掩雙鬢，默看此情景，淚滴行行新，
小頊語小出，不以予不佞，日後見青天，願為君扶憑。

山君色中鬼，懺悔伊前非，當伊二八時，已懂風流戲，
接人極溫柔，能言又能語，眉清目俊秀，生成美男子，
行年方弱冠，贍通工人妻，亦有女教員，喜投伊懷裡，
伊今三十三，一妻兼一私，此妻是後妻，前妻生別離，
伊不事正業，天天花酒地，伊曾下獄去，蓋為犯詐欺，
出獄未兩月，又結痴情絲，情婦家米商，全盤婦管理，
夫抱私在外，夜夜空閨帷，色鬼寓對面，怨婦得晏如，
欲結情絲固，出金賣好伊，伊略展神通，萬金都不辭，
後為夫所覺，不加大責備，夫悔己有過，草草以息事，
色鬼難忘懷，如斯好滋味，不但不斂跡，越逞其肆為，
後妻色不佳，實係良家女，家費女供給，應知自滿意，
伊竟太不良，來往外婦處，外婦未亡人，積存有家資，
可惜時過晚，芳紀四十餘，醉翁不在酒，採花別有枝，

而今罪貫滿，天網終難避，被拘以小過，大惡盡周知，
妻訴婦亦訴，警吏大發威，任伊呼天地，退悔總無期。

或謂善人性，或謂惡人情，在此地府內，善惡都分明，
二位馬弟子，同列羅漢行，彼說物為主，不用善惡爭，
年邁賭徒入，時將近三更，夜深風殊烈，四壁欲化冰，
賭徒求分被，馬徒不肯應，新來者無被，說是前輩定，
翌日賭徒唸，爾曹惡根性，老人氣力衰，厚遇是正經，
我問叟幾犯，答係第六程，輸了二萬金，家產盡倒傾，
此番罰五十，無錢坐抵清，問叟再賭乎，對曰必拼命，
家資既盡去，還有誰可驚，叟雖不誰驚，須念家不幸，
吾樂吾所好，誰管家不幸，眾囚一齊罵，異口而同聲，
昨夜凍不死，真是不正經，初老兒告曰，我曹宜警省，
此叟之錯誤，乃人之常情，常情先為己，不管人死生，
物欲既為主，煉獄將人蒸，家破尚不顧，世亂豈傷情，
迷蒙能開悟，相依共歸正，人非能獨存，相依方得生，
相依即相愛，相愛人乃靈，誰能身無死，愛人死猶生，

人人能若是，天意始達成，天堂非別處，家和世昇平，
鬼魔前後擁，此信會安定，雖在黑暗地，天朗意氣清，
小子有此信，叱鬼鬼成聖，大哉愛靈力，地府化天廷。

昭和十三年（一九三八）二月十五日起於
杉並署監中構想出監後翌月八日草就

附註：余在東京出版《東亞之子如斯想》以後，即積極計劃由日渡赴大陸，日政府疑余為國民黨地下工作人員，民廿七年一月十八日在東京月高円寺寓所被拘捕投杉並警察署監所四十天，雖受前未曾受之凌辱，總能泰然處之，作地府行三分之二因無紙筆，無法作完，出監後始完稿。

回憶日本時代
民族運動

日據時期台灣民族運動（一九六五、六、十八）

（台灣省文獻委員會第十六次學術座談會）

一、特約講座：行政院政務委員蔡培火

二、時　間：民國五十四年六月十八日下午三時

三、地　點：台北市延平南路一〇九號

四、出　席：林崇智　黃得時　曹　進　曹　建　曾今可　張雄潮　陳乃蘗　陳世慶

毛一波　陳逢源　黃登洲　林衡立　陳漢光　張俊仁　陳錦榮　連文希

王詩琅　廖漢臣　王國璠　張奮前　金成發　曹甲乙　史威廉　莊垂慶

吳朝棟　林衡道

五、主　持　人：林崇智

六、紀　錄：張俊仁

七、內　容：

主持人林崇智致詞

今天舉行本會第十六次學術座談會，承蒙蔡培火先生在百忙中蒞臨主講，非常感謝，蔡先生現任行政院政務委員，他是本省的先知先覺者，遠在日據時期即聯合同志掀起民族運動，諸如文化協會、台灣議會設置請願運動，台灣民眾黨、台灣地方自治聯盟等。蔡委員都是其主持人或主要的領導人物，此外，蔡委員也是白話字運動的倡導者，著有十項管見等重要文獻，對本省文化貢獻很大。今天的講題，是台灣民族運動，蔡委員當時親歷其境，一定會給我們很翔實的報導，現在就請蔡委員講演。

【蔡培火講演全文】

一、前言

林副主任委員崇智先生各位在座先生，旬日前副主任委員及王詩琅先生過訪，希望本人在本次學術座談會，就日據時期台灣民族運動擔任主講，林先生的意思是本人在日據時期的台灣民族運動裡，做過一點實際工作，對當時的實際情形以及思想內容，一定還記得相當清楚，要本人發表出來供作台灣文獻的修輯參考。本人今年已經七十七歲了，自覺來日不長，能得有此機會，向各位先生報告幾點身歷其境的情形與感想，自以為亦有幾分意義，敬請諸位先生指教。

又自幾年前就聽過朋友說，台灣省文獻委員會所編《台灣省通誌稿》卷九，有關同人等所參加過的事跡與其實情，頗有出入，問本人有無閱過，感想如何，本人因公私繁忙未及翻閱該書，但在本人腦中總是一個宿題，如今林副主委贈本人該書供為參考，乃在繁忙中撥出時間細閱，方知吾友所言不錯，自覺有其責任予以辯正，提供資料以供將來編史者之考證。

今天這個聚會是學術的座談會，不是可以隨便談談就好，因為是學術的談話，本人以為第一就是，不是真實的事情，不能拿出來談。第二需要有系統有理論，首尾能相貫串能相印證的話才可以說。第三雖然是有系統的說話，只是如此而已，你說你的理論，我說我的理論，所謂莫衷一是那也不成學術，學術的終局一定要能找出一個定說，最好是一個共同的定說，不然亦需要大部份人的共同定說，我們今天的座談會，至少大家要在此了解之下，進行我們的座談，才有益處。

本人對日據時期約五十年間，以為可予分作三期。前期的台灣民族運動，是武力抵抗的時期，約十六、七年間，其可歌可泣的壯烈事跡甚多，本人是童年青年的時代，沒有確切的認識與研究，不敢隨便講什麼。只是在日本初登陸的時候，本人是出生於現在雲林縣的北港，當時才六、七歲的小孩，直到現在有三件事尚刻在本人的腦海中，一件是當時我們的民兵穿了有個勇字的背心，抬著用竹竿或木棍所做的串仔，一隊一隊打著戰鼓咚咚咚，在跑來跑去。第二件是婦女帶小孩在林投樹下啼哭，大家記得往時我們的婦女都是纏小腳，不能走路，因為走不動又慌張懼怕，所以這裡有人哭，那裡亦有人在哭，何等的悲慘情景，到現在本人還是深刻記著。第三件就是日本警察憲兵所穿那皮靴的聲音，他們人還未到而那皮靴的聲音便先聽到了，那是何等可怕的聲音呀！因此孩子在哭的時候，做母親的不要他哭，就向孩子恐嚇說，大人來了大人來了，孩子一聽母親這話，就不敢再作聲啼哭了。此情此景本人現在站在諸位面前說話，但心裡還有當年之感。民族運動的中期約二十二、三年間，可以說是台灣民族運動思想結社抗爭的時期，這是本人親身參加在此行列的，因此今天所要報告的，就是本時期所發生過的事情。後期即第三時期，是台灣議會設置運動決定停止以後的時期，約十一、二年，就是民國二十三年以後的時期，本人已經極少時間在台灣，多的時間是在東京開設味仙飯館，或是從日本逕去中國大陸，做浪人生活，所以第三期的台灣民族運動情形，沒有資格來報告什麼。

二、民族觀念構成的要件

本人不是學者，在學術上沒有自信，本人粗淺的見解，構成民族觀念的重要條件，似乎第一是種族是血統，第二是語文，第三是地域，第四是風俗習慣，第五是歷史文化，第六是利害關係，第七是情感問題。本人以為這七個條件能完全一致相同，那個民族對內對外的關係，一定是很健全而有前途的。這七個條件在普通的民族，不一定完全俱備，而實際民族的構成亦有進化有發展，譬如說，前三個條件就是血統、語文、地域。在歷史初期的時候，對民族觀念的構成是非常重要的，但經歷史進展人類生活多有接觸以後，就不太重要，而在民族觀念構成上，反要發生阻礙。舉例說，本人以為美國有美國的民族，這美國民族的中間，有紅人、有黑人、更有英國人、法國人等等民族在內，雖然，今日在美國有種族歧視的問題發生，這個對美國人的民族觀念說，總是不應該的事情，而要受糾正的。再講我們自己中國，現在的我們中華民族之中，豈不是包有以往的蒙古民族、滿州民族、還有所謂南閩北狄苗猺等等諸民族，而現在我們的中華民族，還有人在說這些的分別嗎？我們現在絕對沒有人在想這些，而深信我們大家都是屬於大中華民族，大家強力團結要來反共復國。

因為時間關係，不能再詳盡分析，但最重要的是需要明白清楚，本人以為現在構成民族觀念的最大要件，是歷史文化與利害情感。我們中華民國是繼承我中國歷史文化的正統，而我中華民族是奉此正統之利害情感共同體，我立國之基本精神是三民主義，而三民主義精神的發揮，必以民族主義精神為骨幹，在現階段的中華民族，倘不幸而沒有此認識，不以民族精神為出發，而只言民權民生，恐怕復國建國的將來是飄渺的。從另一面說，因為在現階段的中華民族，為要反共復國只說發揮民族精神，而忽略了民權民生的充實，那亦是空洞的幻想，豈能成就復興的大業。切言之，在現階段的中華民族，無論什麼人，是官是民，或是在朝在野的中國人，總要明確認定發揮民族精神之重要性，而也不忽略利害情感有關的民權民生的配合，這才是知本末而識大體的作為。

三、民族運動與大同理想

我們大家都知道，發揮民族精神加強民族運動，是我們反共復國當前的要著，雖然，我們中國人特別是我們　國父孫中山先生的遺教，我們在民族精神以外，我們還有大同世界的理想。過去有很多的所謂帝國主義，都是民族精神民族主義的變態，是從民族主義發展出來的，世界人類在過去緊長的歲月之間，喫了帝國主義的苦頭太多啦。因此，在發揮民族精神之外，就不可以忘記了我們中華民族更高理想的大同世界的肇造，這才是我們中華民族的傳統精神所在。現在世界共產黨徒，亦在狂叫民族解放運動，他們的所謂民族解放，跟我們的民族運動是絕對不相同而必要予以分別的。共產黨徒的民族解放運動，他是另有目的，是要藉此狂叫而分裂既成國家社會的組織，而陰謀形成他們的共產帝國組織。我們的民族運動，是迴然與此不同，我們中華民族的民族運動，是尊重其他民族的存在，特別是尊重世界中的弱小民族的自由，尊重其進步與發展，而大家彼此互相調和配合，肇建多彩多姿的大同世界。這個大同世界是根據自由真理，是相互友愛相互尊重，不相侵害的自治聯合體，設使這個聯合體有一個中心，這個中心絕不是極權的獨裁中心，而是顧及各民族單位的自由，作一個聯絡調和的中心而已，在這樣了解之下，民族運動才有其正當的意義與前途。

四、台灣民族運動之前驅

甲、以櫟社為首之詩社

民國前十年（日本明治三十五年）台灣中部霧峰望族林獻堂先生之堂兄林癡仙，首倡組織台中附近之漢學者，成立詩社櫟社，以年長關係推潭子傅錫祺為社長，此詩社人才最多實力雄厚，為全台灣最著名詩社之一，台南有南社，台北有瀛社，全台有十幾單位之詩社林立，盛極一時，皆為全台各地漢學遺老之匯合。林癡仙曾言，吾學非世用，是謂棄材，今夫櫟不材之木也，吾以為幟焉。傅錫祺在櫟社詩集第一卷序亦言，滄海栽桑之後，我輩率為世所共棄之人，棄學非棄人不治，故吾輩以棄人治棄學。連雅堂亦曰，海桑以後，士之不得志於時者，競逃於詩，以寫其佗傺無聊之感，一唱百和……。此三子所言，無不道出全台詩社成員作為前代遺民之感慨，櫟社為一遺民集團，而不以遺民自了，抱殘守缺，治其所謂棄學，苟延一線斯文，得保持祖國文化於不墜，因此，本人以為當時之台灣詩社，是台灣民族運動之前驅。

乙、迎接梁任公蒞台之影響

民國前一年（明治四十四年）四月，林獻堂先生櫟社諸人，歡迎梁任公與其小姐自日本蒞台，在霧峰萊園下榻十天。在此短暫時間中，櫟社諸同人與任公之間，吟詠往還固勿論，於政治時代思想受其影響至鉅。梁任公當時的政治思想，雖與中國國民黨之主張不同，但自日本人方面而言，也是中國革命分子之一，日人極端注意其思想影響。渠之來台，是由於林獻堂先生在日本旅行途次，不意中與任公投宿同一旅館，獻堂先生與甘得中兄素仰其著作言論，乃請見任公傾訴平生，並請其蒞台一遊，任公竟慨然許諾，乃有蒞台之舉。本人素推崇林獻堂先生為台灣民族運動之領袖，其根據理由甚多，而先生之此一行動正是本人極表欽佩之舉。斯時之台灣正可謂黑暗時代，台灣同胞是一盤散砂，日人的強權又是無孔不入，林氏若以明哲保身自娛其優厚生活，日人一定另眼相看，悠哉悠哉渠何必多此一舉，而竟不顧這些，特地犧牲精神物質，迎接日人所忌剋之中國革命分子梁啟超蒞臨其府第優禮款待，是為當時台灣人士所不為亦不敢為者，本人以為此一事蹟亦為台灣民族運動之先驅。

丙、興建私立台中中學

日本統治台灣是以帝國主義推行的，帝國主義政策最凶狠的地方，就是使被治者，沒有智識能力沒有組織，而僅有足以供給勞動的體力。因此帝國主義政策的第一要著，就是愚民政策，所有教育都是官辦而限制其程度，不准民間興學求進步。本人自略懂事以後，便看出此點，故往日本留學時，不學政治，不學醫術，排除親友之厚望而學教育。民國三年春天，林獻堂先生祖母八十壽誕，節省其祝壽費用，號召其同族以及中部地方之士紳，創辦私立中學，所集資金約在二十餘萬元日幣之譜。當時本人與獻堂先生已有默契，研究教育畢業後，即歸台擔負經營擬設私學之責。不幸帝國主義者台灣總督，依照其既定之愚民政策，不准民間自由經營學校，所集設校資金，悉數捐獻由台灣總督府所指派之校長支配，其課程範圍及其程度，須經總督府文教局之核定，所成立之學校不是私立，亦不是官立，美其名為公立，其實是官立之低級中學校，是即現在台中第一中學之前身也。在獻堂先生與各出資者的計劃，因深感遠送中學程度以下之青少年往日本留學，不僅中產以下之人做不到，即有產者能送其子弟遊學，因缺少正確教導，結果多屬不良，乃有創設私立中學在台教育之議，俾使子弟得能成器。可恨帝國主義統治者，卻偏要你子弟不能成器，而處心積慮，破壞你的苦心計劃，使你徒得空名而不得實力。這是獻堂先生等設立私學之失敗，同時本人留學東京抱負也成為泡影！日本東京帝國大學教授矢內原忠雄氏，在其名著《帝國主義下之台灣》，特別提起台灣人士運動設置私立中學之舉，為台灣民族運動之先聲，本人以為是乃正確名言，道破有關台灣中部人士，鬱積於胸中深處民族精神之呼叫。

五、台灣同化會運動

台灣同化會這個名詞，從台灣民族運動這個詞句來說，恐怕有一點牛鼻馬嘴湊不起來，其實不然，這正可以表明當時台灣民族運動者，用心良苦之處，雖有小部份人不予諒解，其情形實實在在是為台灣同胞的自由向上，不怕霑染污泥，而挺立怒放的荷花咧！當時的政治社會情形，實在是強權專制一點自由都沒有的黑暗社會，而坂垣退助是日本維新的元勳，被頌為日本自由主義之神，其到台灣所主倡的同化會，又是台灣總督府及在台全體日本人所不要的，明白說一句，倡同化的意義，對台灣人說，是有利進步的開始，對在台日本人說，是失利退卻的意思，是雙方利害衝突的起點，亦就是台灣民族政治運動的發足。在強暴台灣總督政治之下，沒有坂垣伯爵的身分，誰敢提倡台灣同化？沒有林獻堂等的熱情愛護同胞的政治權益，誰又肯出來犧牲呢？至於嘲誚林獻堂等參加同化會之人，為不長進不肖分子欣慕做日本兒孫，那是淺見至極輕薄分子的讕言罷了。

台灣同化會是民國三年（日本大正三年）三月坂垣退助初次來台籌設的，他的政治地位，他的人品聲望，在日本國中算是鼎鼎大名誰都欽佩的。可惜他的助手寺師平一、佐藤源平、中西牛郎等都是無名的浪人，而與在台日本人一派素無瓜葛，此等人物嗣後不幸竟成為坂垣伯爵的累贅，而予在台日本官民作為破壞台灣同化會的藉口。雖然，因台灣總督政治太過專橫暗無天日，我台灣同胞除部份走狗御用人物之外，毫無伸腰吐氣地方，故坂垣老人此一號召，給台灣全體社會來個通風透氣的小空隙，熱心於同胞之政治社會地位，以為此機不可失如涸魚之得水忻然應之者，全島約近三千人。在坂垣老人固具誠懇的理想，以為中國與日本原屬同種同文，東亞民族若有志與歐美白種人並駕齊驅，非日本與中國結為兄弟之邦，只僅日本一國一民族是絕對做不到的，因此，他老人家便先想到台灣人有其應負的使命。無奈當時日本人心頑愚，為謀獲得日本人之支持，他老人才用同化會的名目，作為在台日本人與我同胞接近之開端，進而求得我大陸同胞之好感，相互結為兄弟之邦相互親善，以作向歐美白種人分庭抗禮之力量，以君子之心度君子之行，本人深信坂垣是日本一代偉人，其用心誠苦其用意甚善，乃不顧殘年老軀，遠涉重洋蒞台呼籲。至若謂坂垣是癡心妄想，不管好歹欲先同化消化台灣人，再進而陰謀達成其同化消化我中國，以期實現日本之大帝國主義，本人以為這是太無視了坂垣退助生平的歷史，而我中國豈能那麼輕易被其同化嗎？本人確信渠即如幼稚亦不敢作此妄想吧。

在此本人報告一段本人當時的主張，當坂垣老人與獻堂先生等到台南，宣傳同化會趣旨招募會員時，本人曾向其建議，欲台灣同胞獲得同等機會，只藉學校教育來不及時，應急速興辦社會教育，即是需要迅速用漢文用台灣白話字，發刊雜誌新聞普施社會教育，方能收到創會的效果，倘能如此工作，本人不但願意參加為會員，即拋棄現在職業而作此種服務，亦屬所願。彼等似乎了解此建議之重要與困難，故勸我先行加入會員，緩作計議。本人此段主張，在林獻堂先生追思錄中亦曾提及，可惜當時在座之甘得中兄去年亡故，現已無法請他證實。

民國三年秋天坂垣退助再次蒞台，同年十二月二十日在台北鐵道飯店舉行台灣同化會發會式，同時成立該會本部，同月二十二日台中，二十四日台南各成立該會支部。會員大家興高彩熱滿以為可有機會發揮我同胞聲氣，豈知年底坂垣老人駕還東京以後，日本人官民間紛紛發出反對意見，亦有人紛紛脫離關係，台灣同化會發會式後約一個月，台灣總督佐久間左馬太即下命令解散該會，其來勢之凶真有雷霆萬鈞之概，嗣後禍及參加者不知凡幾，本人即是被免職而失業之一人呀！參加同化會者不顧日人官民之忌諱，而甘愛此災難，豈真出自不肖之心而願作人家的兒孫嗎？《台灣省通誌稿》裡竟有捕風捉影之言說，謂「東京新民會與青年會中，昔時參加同化會者，多傾向此說（**即撤廢六三法案**），林獻堂初時亦極贊同此說」（**通誌稿卷九第一七二頁**），又有「新民會會員中反對同化主義，而主張自治主義者，有林呈祿外數人……林呈祿對於自治主義殖民政策，頗有心得，適逢新民會在討論撤廢六三法之時，獨持異論以為運動撤廢六三法，無異否認台灣特殊性，而肯定同化主義，即所謂內地延長主義也，於是主張中止撤廢六三法運動，強調台灣特殊性，提議籌備請願設置台灣議會」（通誌稿卷九第一七三頁），又「同年（民國九年）徹底，蔡惠如從上海到東京，適林獻堂亦從台灣來東京，兩人……會晤林呈祿，討論改革台灣政治問題，林呈祿即本其主張，傾談同化主義與自治主義之是非得失，林蔡兩人均大有所感悟，不久之間，即大悟徹底，完全放棄從前所切望之同化主義……因林獻堂之思想轉換，對於東京台灣留學生之影響甚大」（通誌稿卷九第一七五頁）。

本人要問《台灣省通誌稿》卷九擬稿者，渠從何知道東京新民會與青年會中，昔時參加同化會者，多傾向此說（即撤廢六三法案），是擬稿者身歷其境所得見聞歟，抑或途聽途聞發揮偏見耶？本人親與其間則未知有此事實，當時東京新民會與青年會中，參加同化會者除本人及獻堂先生外似無其他之人，那裡有「多傾向此說」之事實，斯時之新民會青年會會員皆屬年輕氣銳多數主張自治者有之，那裡有人肯定同化主義，而否認台灣特殊性者？何況說是林獻堂之同化主義思想轉換，而東京台灣留學生受其影響甚大云云，絕無這樣事實，未免冤枉了東京台灣留學生的思想。至於說獻堂先生完全放棄從前所切望之同化主義，這是何等地侮辱前賢，歪曲事實太甚了。從林獻堂所遺留之行儀，以及其日常生活的一切，可以說他的一生只是吃自己飯做同胞事，他不說日語不喝味噌汁不穿下馱，做純中國式的生活，從不依靠日人的威光圖謀昇官發財，論者到底依據什麼而評斷林獻堂切望同化主義，他的唯一根據是不是因為林獻堂熱心參加同化會之創設，如此而已即以為林氏是切望同化，若然，則未免太過淺薄而冤枉了王佐斷臂的苦衷呀！

總而言之，坂垣退助到台灣組織同化會，是坂垣對其國家盡其忠誠之舉動，林獻堂等參加台灣同化會，是根據當時之政治行情與社會背景，從黑暗絕望中也期以拯救其同胞為己任，即坂垣之所期是一樣，而參加同化會林某等之所期又是另一樣，各有各之所期而所採用的手段相同罷了，從林獻堂等的立場而言，參加台灣同化會之運動，是台灣人為獲得政治社會地位，作了公開的羧眾運動，即是台灣民族運動。

六、台灣議會設置運動

台灣議會設置運動，是以日本東京留學之台灣學生與在東京寄居之台灣人為中心，受民權時代潮流衝激而發動之台灣民族運動。當時大陸祖國辛亥革命成功，中華民國國基確立，第一次世界大戰結束，美國總統威爾遜宣告民族自決主義，繼而韓國發生獨立騷動，而日本國內民本主義之說盛行，有此種種政治社會之改革氣運勃興，我台灣人也起而發動民權運動，先是民國八年（日本大正八年）秋，在日本東京的中國基督教青年會主事馬伯援、吳有容等與數名在東京台灣人時常過往，正所謂血濃於水彼此自覺特別親愛，乃取同聲相應之義，組織了聲應會，會員不多而流動性亦大，組織未久不知不覺消聲息影。不數月後。即民國八年末，林獻堂、蔡惠如兩先生亦在東京，蔡式穀、林呈祿等為準備應日本國家試驗經常駐在東京，東京台灣留學生自早即有青年會之組織，是一種同鄉交誼性質之團體，在此青年會中比較年長而具政治意識者，與林蔡兩位鄉長過往頻繁，互相交換，對台灣之政治社會改革方策之意見，遂有啟發會之組織。鄭松筠、黃登洲、羅萬俥、蔡玉麟、謝溪秋、謝星樓、林仲澍、呂盤石、呂靈石、彭華英、王敏川、黃呈聰、黃周、王金海、吳三連、陳崑樹、劉明朝、林濟川、莊垂勝、林攀龍等及本人都是會員。凡是某一組織，必具三樣要件，第一要有思想主義，第二要有組織成員，第三要有財源經費。啟發會有其思想但尚無所謂主義者，其成員雖不足百名卻是相當複雜，因經費開支關係，有假藉名義濫用經費者，而負擔方面不予方便，發生不愉快情事，該會不久也就歸於似有似無。迨民國九年春蔡惠如氏以為不可長此以往，重新計謀組織新民會，蔡氏應居會長地位，但彼自量其力，仍推林獻堂氏為會長，該會議決行動目標三個，第一為增進台灣同胞之幸福開始政治改革運動。第二擴大宣傳主張，連絡台灣同胞之聲氣發刊機關雜誌。第三圖謀與中國同志多有接觸途徑。第一個目標之具體表現，為台灣議會之設置運動，第二目標即為為《台灣青年》雜誌之發刊。

先談台灣議會設置運動，《台灣省通誌稿》卷九第一七一頁有一段記載：「當時，在東京有新民會與台灣青年會，二個團體，皆熱心奔走於台灣政治改革運動，民國九年十一月廿八日，兩單位會員二百餘名，假東京麴町區富士見町教會，開臨時聯席會議，討論如何縮小台灣總督權限問題，大多數人主張應由撤廢六三法運動開始，上講台發表意見，多至十餘人，情緒熱烈……意見分歧，未能一致，終於無所決定而散會。」此段記述，殊有捕風捉影之嫌，民國九年十一月廿八日台灣人於富士見町教會開政談演說會固有其事，謂新民會與台灣青年會兩個單位的會員開臨時聯席會議，大多數人主張應由撤廢六三法運動開始，意見分歧未能一致云云，則無其事。該會是新民會所主辦者，因苦於借用會場，乃由本人向植村正久牧師請借教會使用，此會並不是對內之思想討論會，而是台灣人對台灣政治之意見發表會，絕無所謂意見分岐之事，有則豈不是台灣人自己打自己嘴巴給外人看嗎?此會不過是發洩台灣人對台灣政治之不滿，如此而已，既無一定目標之主張，只為表示對台灣政治之不滿，各人自由發抒其意見便了，所謂開臨時聯席會議之記述，完全是捏造之詞，設使是對內意見的討論會，要來爭吵曝露內部弱點的話，本人是斷不肯請求吾師特撥教會作為會場，識者當能諒察。

《台灣省通誌稿》卷九甚多地方提起撤廢六三法運動，又很多地方將撤廢六三法運動的思想，與參加台灣同化會的思想混為一談，就是主張撤廢六三法的人便是加入台灣同化會的人，從這一點看，通誌稿撰稿人，似有很深的成見。提到六三法撤廢的問題，本人記得這個主張是日本人所提出的，當時大正初年在台日人律師伊藤政重，另有一人來往日台間之在野人久我懋正者，時常向台灣人有識有志之士鼓勵，為剝奪台灣總督之專權，使台灣民眾能得更自由之生活，應由台灣人發動公意向中央政府機關，要求撤廢法律第六十三號。該法撤廢以後應如何善其後，並沒有具體意見，亦未成為公眾行動的運動，伊藤政重後來似乎被台灣總督驅逐出境。林獻堂先生與前記兩人時有接觸，是事實的，獻堂先生在東京台灣人間曾提及此事，亦是事實的，但該法撤廢以後應如何善其後，在東京台灣人中則有種種意見不是單純，成為在東京台灣人間之宿題。

中國推倒滿清政權成功以後，日本的民本思想亦勃然振興，況兼第一次世界大戰結束威爾遜宣告民族自決主義，此等時代思想潮流，深刻地衝激了台灣人的思想可以想像而知。若論在東京台灣留學生間的思想潮流，主張完全自治的人比較多，本人一向在政治實際問題上，以實事求是為圭臬，能減少公眾的犧牲一分而增加其利益，本人自己雖蒙受如何壓力亦所不計，因此不主張台灣完全自治，而主張自治主義中最重要的民選議會之設置，是即台灣議會之設置。台灣人留學東京比本人更早的大有其人，況兼那時候在思想方面人人都唱高調而不切實際，在個人生活方面又不能與人苟同，兼且蔡惠如、林呈祿二位比較年長，又是此派的領頭人物，因此等等本人在留學生間的聲望，坦白說要輸人家數籌，台灣議會設置之主張，既然比不上台灣自治（完全自治）的呼聲響亮而具聲勢，故本人在此時期的處境實在困難，但是為同胞一般民眾的安寧利益，本人總不讓步而苟同，幸得蔡式穀、鄭松筠等幾位的協力支持，乃能稍稍立足。迨《台灣青年》雜誌發刊後，民國九年（日本大正九年）年底，林獻堂先生到東京，遂將持久不能一致之兩派意見，開會提出討論，請獻堂先生裁決。獻堂先生靜聽兩方之說明分析，毫不遲疑地截然指示，照理想當然要主張完全自治，但是政治改革需要實力，不能徒托理想，依我同胞目前之實力，只好要求設置台灣議會為共同目標而奮鬥。此會是在神田區神保町台灣青年雜誌社樓上開的，出席者二十餘人都是新民會之重要幹部，那是夜間電燈不太明亮，但因眾人以獻堂先生之一言九鼎，無人再倡異議而決定設置台灣議會為共同的奮鬥目標，本人真是感覺如卸重擔，林獻堂先生再次確立其在東京學生間之領導地位，本人更是感覺萬分光明。

台灣議會設置運動，於民國十年（日本大正十年）一月三十日，向日本帝國議會提出設置台灣議會第一回請願書，林獻堂先生領銜蔡惠如、林呈祿、蔡式穀等新民會會員全部參加簽署，合計留學生中年齡滿二十歲以上者共一七七名，介紹議員貴族院為江原素六，眾議院為田川大吉郎，江原、田川兩議員皆屬基督教徒，都是植村正久牧師所介紹者。此運動一直繼續到民國二十三年（日本昭和九年），前後十四年之久，請願書共計提出十五次，簽署人最多達到二千六七百名，最少是全台簽署人重要分子以違反治安警察法罪名被檢舉時，僅七十一名參加。請願書除二三次以審議未了了之外，全部遭了不採擇之命運。自九一八事變日本軍閥發動侵略我國東三省以後，客觀情勢日非，林獻堂先生在民國二十三年二月六日領銜提出第十五次，也就是最後一次的請願書，鑑於形勢惡劣，先得羅萬俥、林呈祿、陳炘等同意，同年九月二日邀集歷年參加台灣議會設置運動之全台代表的同志約三十人，聚集於台中市大東信託株式會社，商議是否停止運動，聞與會同人亦看透時局趨勢，並無反對異議。於是台灣議會設置運動就此結束，本人在開會以前，獻堂先生亦曾豫商於本人，本人以為並無外部明確之強大阻力，多年來之堅強主張自行取消，恐對公眾交代不了，又歷次請願書之簽署與提出，除本人入獄那一次外，悉由本人主辦推行，責任上自不應贊同停止，故該次停止設置台灣議會運動之會議，本人並未參加，如果後人追究責任，自覺亦難辭其咎。

七、台灣議會期成同盟會之結社與台灣治安警察法違反檢舉事件

台灣議會設置運動進行到第二次提出請願書以後，民國十一年末開始第三次請願書簽署，當時台灣總督田健治郎邀集林獻堂、楊吉臣、王學潛、洪元煌、林幼春等八人，於台灣總督公室，勸告他們不應參加台灣議會運動，不知是否另有什麼壓迫，獻堂先生在第三次請願書竟未有參加簽署，是即社會上所稱八駿馬事跡之由來。此事刺激了台灣議會設置運動同人，乃於民國十二年一月三十日在台北，以石煥長（醫師）為主幹者，向警察署提出台灣議會期成同盟會之政治結社屆書，參加結社者四十餘名。三天後台灣總督即發出禁止結社的命令書，因此台灣議會期成同盟會的政治結社在台灣就沒有成立。第三次台灣議會設置請願書由蔡惠如領銜，公推蔣渭水、陳逢源及本人三人赴東京提出帝國議會。我們三人與在東京同志商量決定重新在東京組織結社，仍用台灣議會期成同盟會名稱，以林呈祿為主幹者向東京的警察機關提出結社屆書。同人等的考慮，以為東京與台灣之法域不同，結社的名稱然雖然相同，不會有事，但是到同年十二月十六日清早，全台灣的警察，向全台請願簽署人之重要分子，或予家宅搜查或連人帶走，一共檢舉六十餘名，轟動了全台民心，台灣總督府以為在東京所重組織的結社，是違反禁令乃予檢舉，是即所謂台灣治安警察法違反事件。對此事件在日本中央政界，發生了巨大反響，致使台灣當局不敢一意孤行，縮小被檢舉人範圍，由全島各地僅送二十九名同志到台北交付預審，經三四個月後預備審決定，起訴十八名不起訴十一名。公判結果第一審民國十三年八

月宣判無罪，第二審同年十月宣判有罪，同志不服上訴，第三審民國十四年一月二十日上訴案卻決定有罪，蔣渭水與本人各禁錮四個月，林呈祿、陳逢源、石煥長、林幼春、蔡惠如五名各禁錮三個月，鄭松筠、石錫勳、林伯廷、蔡年亨、蔡式穀、林篤勳各罰金一百元，王敏川、蔡先於、吳清波、韓石泉、吳海水各宣告無罪。

本人在日據時期追隨全台同志作台灣民族運動，感覺民氣最旺而人心最能一致，莫若此時期，一方面作民眾啟蒙運動之台灣文化協會，在各地開演講會時，真是人山人海，聽眾之擁擠使臨監警察如臨大敵，另一方面有《台灣青年》雜誌之後身《台灣民報》，論鋒極銳，讀者激增，這些悉為總督府之壓迫政策所引發，全台同志被檢舉坐牢的犧牲，可謂沒有白費。在此更須記憶林獻堂等各位未被檢舉同志辛勞，他們直接對入獄同志之照顧固勿論，對其家屬之連繫安慰都是盡力以赴，而更可紀念者，台灣議會運動在各地領導地位的同志，被總督府一網打盡投獄，此時，既停止一次參加簽署的獻堂先生，竟毅然再次挺身陣頭，領銜提出台灣議會設置請願書，足見林氏在台灣民族運動之本色，通誌稿卷九處處對林氏似乎不大諒解。另有一位願與有心人共記憶者，日本基督教牧師植村正久乃本人信仰指導的恩師，渠深贊許我輩同人為提高被壓迫台灣民眾的地位，而反抗台灣總督強權，此人雖與各同志罕有接觸，但對本人則事事表示愛護，儘其可能凡事幫忙，如前述在東京同人要發表反對總督政治，渠竟然敢於供其教會作為演講會場，台灣議會設置運動向日本國會提出請願書，上下兩院之介紹議員皆由渠出面轉託，又在東京政界對我輩行動表示同情者概亦出其介紹，在台灣發生治安警察法違反案件時，渠則推荐負有聲望之前高等法院長渡邊暢氏，蒞台擔任特別律師，當該案判決本人坐監時，則又派其親信帶款來台安慰本人家屬，語云非我同類其心必異，於吾恩師似屬例外，吾愛吾同胞，故吾至今不能不記憶斯人。本人在獄中作有「台灣自治歌」茲在此獻醜獻醜。

一、蓬萊美島真可愛，祖先基業在，田園阮開樹阮種，勞苦代過代，著理解，著理解，阮是開拓者，不是憨奴才，台灣全島快自治，公事阮掌是應該。

二、玉山崇高蓋扶桑，我們意氣揚，通身熱烈愛鄉血，豈怕強權旺，誰阻擋，誰阻擋，齊起倡自治，同聲直標榜，百般義務阮都盡，自治權利應當享。**（以閩音唸才合韻，附有曲譜）**

關於台灣總督之惡政及台灣議會設置之主張，本人在第一次**（昭和三年四月）**日本普通**（即撤消限制男女皆可參加投票）**選舉實施之前，特將其一切詳情，以及一個民族運動者的最審慎最少限度的主張，用最具體的記述方式明明白白寫成一書，題為「告日本本國民書」在日本本國發刊，此書乃本人對日本治台政策作風之警告，勿論是台灣總督所不接受者，發刊後即被其禁止移入台灣發布，曾由矢內原忠雄教授相告，台灣總督恐怕此書在日本發行，會激發日本本國對台灣總督政治之不信任，暗中商囑台灣大學擔任政治課程之教授，針對本人之陳述寫成反駁反對之書刊出，竟沒有一人敢於執筆，矢內原氏斷為是乃本人在思想言論上，代替我同胞打了一次勝仗，噫！其然豈其然哉。

八、月刊《台灣青年》雜誌與日刊《台灣新民報》

前面記述東京新民會三大目標，關於政治改革方面，有台灣議會設置請願之具體運動，關於宣傳主張連絡聲氣發刊機關雜誌，則先有月刊《台灣青年》之出現。台灣青年雜誌社是在民國九年（日本大正九年）三月末本人畢業東京高等師範理科第二部（物理化學）後，新民會會長林獻堂氏、副會長蔡惠如氏、及新民會會員同志決議委囑本人主持籌備創設者，本人擔任發行人、主筆、主編及外交責任，同志林呈祿擔任現金保管或執筆社論，同志彭華英擔任庶務會計之責，另有一姓黃者幫助校對及譯稿，全部職員如此而已。《台灣青年》雜誌是和文漢文兼登之月刊，在民國九年七月十六日發行創刊號，社址東京市麴町區飯田町（第三號起社址遷移神田區神保町十番地），)其資金是以自由捐獻來維持，最初之捐獻者皆登載於每月雜誌上。那時候本人雖已是三十二歲的壯年人，其實所做完全非所學的，只憑滿腹熱情，不敢辜負同志所託，硬著頭皮蠻幹便了。最感痛苦的還不是錢而是稿件，特別是漢文稿件，因爲經費極其有限，不能聘請漢文高明的記者，而今翻閱當時的漢文版面，實在太差了。

《台灣青年》雜誌以自由捐獻的資金，能於維持將近三年歲月，由今追想覺得蹟近神奇，其原因不外有二，在東京及台灣之同志，所謂「眾志成城」大家分頭爭取捐獻，另外一點便是當事者協力節約每月開支極少所致。雖然到民國十二年初便覺不能長此以往，適獻堂、惠如二先生皆在東京，乃商定本人返台，一面主持台灣分社推廣業務，另面遍訪各地同志籌設股份有限公司（即株式會社），幸得同胞人心不死，同年八月一日資金二萬五千圓之股份有限公司即告成立，以獻堂先生之堂侄林幼春氏為社長，是即台灣民報社。嗣後讀者一直增加，稿件內容僅限於思想及主張之宣傳，已經不能滿足讀者的需求，要有時間性之消息報導與評論，因此本社及印刷設在東京諸多不便，急待將其本社移回台灣。茲事體大，有觸台灣統治大權，實在談何容易。斯時台灣總督適為伊澤多喜男，屬民政黨系人士，其政治風度比較開明，而我台灣人間之政治社會運動亦漸次發生複雜現象，不僅是單一目標對付日本之民族運動而已了。本人覺得在我民族運動中，最吃力而不討好的即此時期，繼議會運動入獄之後，民國十六年（日本昭和二年）一月台灣文化協會即現分裂，本人乃專心注力於民報移入台灣之運動，不避各種困難與誹謗，終於同年七月十六日（即《台灣青年》發刊之日）得到台灣總督之移入台灣發行許可書，立即電知東京本社請林呈祿同志返台主持社務，《台灣民報》初次在台發行是民國十六年八月一日，本人即避開一切，新辦美台團之鄉村巡迴電影事業，並作台灣白話字運動之準備。

美台團有團歌，兩隊經常在農村流動演唱，歌曰：

一、美台團　愛台灣　愛伊風好日也好　愛伊百姓品格高　長青島　美麗村　海闊山又昂

大家請認真　生活著美滿。

二、美台團　愛台灣　愛伊花草透年開　愛伊百姓過日粹　長青島　美麗村　海闊山又昂

大家請認真　生活著美滿。

三、美台團　愛台灣　愛伊水稻雙冬刈　愛伊百姓攏快活　長青島　美麗村　海闊山又昂

大家請認真　生活著美滿。

在此需要提明一點不幸事實，是那〈犬羊禍〉之諷刺小說，此編小說發表在《台灣》雜誌上，當時一般社會的讀者，卻無不良反響，因為局外者不知其內容底蘊，或有莫明其妙之感，然在局內人即是對此雜誌直接有關之人，則激起了相當嚴重的不良情緒，主其事者後覺情形不妙，乃將一切極端保密，不敢明言該小說中所暗指之主角為誰，而其作者為誰至今尚屬子虛，但在圈內人多數猜測，作者是東京留學生中具有漢文素養之謝某（**台南人，不久因喉癌惡疾去世**），而該小說所暗指之主角，林獻堂先生自以為是指他個人（**本人親自先生聞及，先生言時眼眶含淚**），但先生並未公然在同志間提及此事。〈犬羊禍〉小說在本人返台不久發表於《台灣》雜誌，《台灣》雜誌是本人於民國十二年四月初返台後，將《台灣青年》雜誌改題者，《台灣青年》之歷史以及其他一切，悉由台灣雜誌社繼承。當本人將離開東京返台時，社庫存款不多，因是接辦人要求有所保障方肯接辦，問題就發生在此點、麻煩也就發生在此點。本人現在已是人生末期，一向對人處事，是採對人寬容對事認真，所謂對事不對人的態度，因是在此所陳的事跡亦是依此方針，事實是歷史的基本，而事實之所在必有是非，欲期歷史之正確，是非便不能不判別分明，蓋不得已也。當時接辦《台灣青年》之同志，要求保障數額，遠超出負擔者之估計，最後負擔者卻是讓步照予保障，不幸感情的暗胎已結，也就是往日啟發會的磨擦再現，〈犬羊禍〉小說之出現，是此暗胎之墜地吧。自月刊《台灣青年》雜誌起，一直到日刊報紙《台灣新民報》、《興南新聞》止二十年間，除一、二人在極短時間作臨時性之社長外，這台灣人唯一的喉舌言論機關，並沒有人肯就任正常社長職位，雖謂不正常的怪奇現象，然事實總是事實，而其事實之由來，本人以為由上陳的細故可以推想及之。

台灣民族運動之中心事業，繼續最久者就是言論機關，最初之創刊是民國九年七月十六日，是月刊雜誌《台灣青年》，本人為組織有限公司返台，民國十二年四月十五日起便改題為《台灣》，後因期應讀者之需求，本人專責向台灣當局交涉移轉《台灣》雜誌在台灣發刊，斯時本人之處境最為困難，結果民國十六年七月十六日（**即青年雜誌發刊日**）獲得該誌在台發行之許可，乃即電請東京林呈祿同志回台主其事，台灣雜誌再行改題為《台灣民報》，同年八月一日在台發行，經已如前所述。嗣後適羅萬俥同志新由美國留學業成返台，又有林柏壽同志也從外國歸來定居，如新得大隊之生力軍，同志等重新集議擴大組織，計劃創辦日刊新聞，民國十八年一月十三日乃有資金三十五萬圓之股份有限公司台灣新民報社成立，但是未獲發刊許可權之前，仍舊繼續發刊《台灣民報》，是以週刊雜誌的形式發行。對日刊新聞之發行，台灣總督府採不許可之頑固態度，因此同志等又決議要本人駐在東京向日本中央政界運動交涉，本人乃又帶眷前往東京寄住近二年半，在日本中央政界各要人間來往奔走，費盡許多心思口舌，乃得於民國二十一年（**日本昭和七年**）一月九日由台灣總督太田政弘發下許可書，而翌日太田總督即被免去職位，太田是屬民政黨系，因日本中央政界急變由政友會掌權之故。全台灣同胞待望已久之日刊新聞紙《台灣新民報》終於民國二十一年四月十五日正式發行與台灣同胞相見。同志間眾議結果推林獻堂為社長，羅萬俥為專務理事（**今之總經理**），林呈祿為編輯局長，本人為營業局長。鑑於社會情勢以及人才配置關係，本人固辭就任，請同志等助我開拓貢獻同胞之新境界而專力於台灣白話字運動，以掃除文盲同胞之存在，因本人辭意堅決，乃獲同意僅就董事職位。眾推獻堂先生任社長職，渠總是推辭不就，渠自推柏壽先生替任或萬俥先生自兼亦未成功，而萬俥先生堅持獻堂先生就任，因此這日刊新聞社長職位，一直空懸到關門之日無人實就。本人對日刊新民報之關係，嗣後一直維持到民國二十九年六月三日羅萬俥同志辭去該社專務理事之職，林呈祿同志繼任專務理事，將《台灣新民報》改題為《興南新聞》，本人之董事職位亦即被開除矣。本人彼時已脱離台灣在東京開設味仙飯館，《興南新聞》繼續多久本人記不清楚，最後在台日本軍閥發動言論統一，我們的《台灣新民報》後身《興南新聞》，終被合併而下場了。現在之新生報社就是繼承了我們同志辛苦造成的財產在內，回想起來真是令人有滄海桑田之感！

九、台灣文化協會之始末

我台灣全島人心受祖國大陸革命及世界民族自決思潮之衝擊，更受了日本東京台灣留學生所發起之言論自由，台灣議會設置要求等民族運動之影響，全島政治社會的民氣大振，特別台北醫學校、國語學校、農事試驗場、工商學校等青年學生，開始自覺行動，吳海水、林麗明、何禮棟等學生以開業醫師蔣渭水為中心，計劃組織台灣文化協會，圖謀提高台灣人之文化生活水準，得各學校學生三百餘名之參加，利用暑期放假還鄉，向全島各地社會士紳宣傳，乃得於民國十年（日本大正十年）十月十七日在台北以台中林子瑾為議長舉行創立總會，通過會則，推戴霧峰林獻堂為總理，彰化楊吉臣為協理，蔣渭水為專務理事，理事四十一名，評議員四十四名，於全島適當地點逐漸設立支會，並開辦讀報所，又為啟發民智隨時在各地舉行文化演講會，聽講民眾如潮水洶湧，使各地警察當局大受威脅，以致台灣總督要求林獻堂、蔣渭水連署提出聲明書，聲明台灣文化協會是文化團體，不作政治運動為保障。迨民國十二年四月本人返台集資創立有限股份公司台灣民報社，因蔣渭水業醫不能專心文化協會職務，而該會業務日見繁忙，蔣渭水發議得大會之通過，蔣氏辭職專務理事，推本人繼任，本人鑑於情勢需要，兼得獻堂先生全力支持，乃以普及台灣白話字為台灣文化協會工作之一為條件，自民國十二年十月十七日定期大會之後，接辦該會專務理事之職，因本人居住台南市關係，遂將台灣文化協會本部移於台南。

本人擔任台灣文化協會專務理事，直到民國十六年一月該會分裂時止前後四年，設有支會之地現已記憶不清，每年定期大會一次，理事會除臨時需要外悉依定期召開，各支會設有讀報所，有定期文化講座，本部每年夏季在霧峯萊園主辦學術講習會一次，共辦三次，又依各地會員要求隨時赴各地舉行文化演講會，情形非常熱烈人心大為振奮，每次治安警察多數臨監如臨大敵，講員除當地特志會員參加外，由本部招聘者有林獻堂、蔣渭水、林子瑾、蔡式穀、陳炘、莊太岳、林履信、洪元煌、葉清曜、吳海水、韓石泉、莊垂勝、黃周、黃呈聰、王敏川、賴和、李應章、施至善、許嘉種、王鍾麟、王甘棠、楊振福、石煥長、連溫卿、邱德金、王受祿、楊肇嘉、吳三連、陳逢源、陳旺成、呂靈石、陳滿盈、張聘三、葉榮鐘、林攀龍、謝春木、鄭松筠等或已作古或尚健在皆為當時之錚錚者，而本人則每場必須參加作殿後演講，因當時聽眾多而擴聲設備不良，每次大聲疾呼，以致氣管擴大多痰，成為本人之宿疾於今未癒。台灣民族運動聲勢最大莫若此一時期，在政治方面有台灣議會設置要求，在言論方面有民報之宣傳，加以文化協會到處開會，眾心一致所謂「同胞須團結，團結真有力」之聲浪響透全台。不幸受外來左翼運動波及，左派分子滲入文協內部，所謂開明分子不豫覺察，內部團結漸被分化，至民國十六年（**日本昭和二年**）一月為變更組織意見不能一致，舉行臨時總會時，會場為左翼所控制，所有議案失去向來全民思想之本色，不自覺者因開會時間過久早已退場，部分具有認識者既毋可奈何，只好潔身自退別無良圖，嗚呼！全民團結之象徵台灣文化協會，遂告解體，新文化協會雖繼續存在些時，但已不是全民運動之文化協會矣。

本人在此有點感想，報告出來能作大家參考，幸莫大焉。凡是要公忠做事之人，不僅應隨時自修而具相當能力，更是需有任勞任怨的覺悟，祇期事成，而能克己退讓，才可獲得成果，此乃本人多年所體會到的。又有一點，凡是為公眾所做的運動，必有敵我之分，需要認識分明而善於應付，即所謂「心地純良要像鴿子，智慧厲害要像毒蛇」，此點是需要而更難能了。本人日據時期在台灣所參與的民族運動，可謂多歸失敗，但其失敗的主因，是在內部不團結，而不是在外部的壓力強大。就前記文化協會解體之失敗而言，絕對不是敵人總督府之壓力強大，而是內部互相猜疑互相傾軋所致。不客氣說，當時台灣文化協會中最具活動能力者，為蔣渭水、連溫卿及本人，連溫卿（別名闊嘴）此人生性狡猾，多數同志早就認識其不尋常，都以另眼相看不與親近，而蔣同志則獨不然，初時與連極其親熱，各同志因蔣的關係不能不留情面，但本人自早即採非為公事不與交談態度。還有一批無產青年，蔣同志極力表現開明風度，甚得其擁戴，疊以莫須有的細故與警察鬧事，在這方面的人氣，本人不及蔣君多矣。民國十六年一月為修改會則文協開臨時大會，以決團結之存亡，先是溫卿聯蔣打我，我們退了，曾幾何時，不數日蔣即被連打得落花流水，重新聲明脱離文協，別起爐灶組織民黨民眾黨。至今本人還是深信蔣君的骨髓裡充滿著民族運動，渠若能一本當初與本人合作，有如時人所謂北水南火，水火併攻之勢，則日本總督府自難施其狡計反利用連溫卿來推毀台灣文化協會的勢力了。茲特介紹林獻堂先生年譜第四十一頁幾行記述，以作吾言之參證「……渭水先生對於無產青年便亦採取姑息與溫存之態度，爭取青年分子之支持與合作，當然是正確之方針，但渭水先生對共產主義及其策略並無深切之認識，故受所謂無產青年之玩弄而不自知，遂導致文協之解體，若倣春秋責備賢者之說法，則渭水先生不無養虎遺患之誤矣。……」

台灣文化協會分裂之後，繼用台灣文化協會招牌者，即所謂新文協，以王敏川、林碧梧、張信義諸人為中心繼續活動，不久台灣總督府以共產黨嫌疑將其一網打盡，光輝燦爛的台灣民族運動總匯合台灣文化協會，便作了闇淡的下場，而連溫卿直到日本倒台了後還健在呀！

十、台灣民黨和台灣民眾黨

民國十六年（日本昭和二年）一月台灣文化協會分裂，所謂舊文協諸人，以蔣渭水、謝春木、陳旺成為中心，先行組織台政革新會，同年五月廿九日在台中舉行成立大會，與會者六十餘人，在會中王鍾麟提議改變會名為台灣民黨獲通過，即向台灣當局提出結黨屆書，四日後六月二日台灣總督認其黨的政見政策，含有偏狹的民族感情，可視為民族自決主義，下令禁止結社，該黨即告流產。台灣民黨結社被禁止後，全台同志皆為不可無組織，同年七月十日仍在台中舉行台灣民眾黨成立會，出席會員六十餘名。本人在開會之前，獲悉總督府存意，如蔣渭水參加指導幹部，將成立之黨必須取消民族運動之標榜，否則定將再遭禁止之厄，本人以為同志之組織團結要緊，一二同志之有無幹部名義，乃屬不足輕重之細節，至於將要成立之結社，倘自聲明取消民族運動，結社之生命便不存在，對社會公眾將失號召能力，絕不可為，故在會中提議，本人願陪蔣同志不列指導幹部名單之內，以期黨能順利組織完成。對此陳旺成君表示反對，主張是否選舉蔣君為幹部，乃黨員大權不容外人干涉，至於聲明非民族鬥爭團體，可以勉從，大會通過此說，本人即聲明仍持異議，為求團結願參加為普通黨員，不願競選不作民族運動團體之幹部，慨然退出會場。後與林獻堂、林幼春、蔡式穀被選為顧問。

《台灣省通誌稿》卷九第一九二頁作如下記述：「黨大會……開始進行議事，關於蔣渭水可否當委員一事，蔡培火主張不可，蔣渭水不服，陳旺成主張，選舉委員，權在黨員全體，無需蔣蔡兩同志爭論，倘使蔣同志當選委員，因此結社再受禁止，亦所不辭，至若於宣言中，表明非民族鬥爭團體，似可免從，陳旺成主張通過。……」「似可免從」這免字諒是故意用的，不是勉字之誤植，當時若真能做到免從的話，台灣民眾黨想必再遭台灣民黨之厄矣。

台灣民眾黨因聲明其為非民族鬥爭團體，乃得免再遭禁止，存續三年有餘之久，文協分裂以後，各地工友會之活動逐漸得力，農民組合之活動尤為洶湧，新文協亦漸採左翼作風，民眾黨不能不東施傚顰，其第二次黨員大會宣言開口即曰：「世界帝國主義，受歐洲大戰影響，發生經濟界恐慌，要解決此困難問題，勢不得不增加本國無產階級，並殖民地弱小民族之榨取。因此帝國主義國內之無產階級，及殖民地之弱小民族，受帝國主義之壓迫，與世界潮流之刺戟，一同覺醒，鼓勇進行解放運動。……我等殖民地弱小民族，應與全世界帝國主義國內無產階級，尤其與日本國內之無產大眾，取共同戰線，締攻守同盟。……故我等要求解放台灣人之前，必先對內喚起全台灣人之總動員，對外連絡世界弱小民族，及國際無產階級，共同奮鬥。……」就此短短幾行即可窺見其思想行情之一斑，這裡卻尚表露些微之民族氣味，但是或說國內無產階級或說國際之無產階級，階級思想已經濃厚地充滿其字裡行間，夢想與國際無產階級共同奮鬥，這實在是太幼稚了。

《台灣省通誌稿》卷九第二〇二頁，擬稿人有段陳述，更是暴露了此中的確切情形。

「……如上述民眾黨所表現各種工作，黨內有產階級之一部份，甚不以為然，適當時對於地方自治之時機尚早說，已經銷聲，實現頗有可能。林獻堂、楊肇嘉、蔡培火等，乃主張要別組織地方自治促進會之政治結社，黨內幹部甚憂慮因此發生分裂，故極勸阻無需別組政黨。但終於無法挽回，台灣地方自治聯盟結社，遂見成立。民眾黨內少壯派為蔣渭水等，以為有產階級既不願意合作，可不必再顧慮其立場。乃將民眾黨綱領政策，擬改為類似日本無產政黨之內容……」該擬稿人是當時民眾黨開明分子領導人物之一，渠在此文的口氣，已經不說是黨內有力同志，而是說黨內有產階級，至於說到將民眾黨綱領政策，擬改為類似日本無產政黨之內容云云，則已完全表露其階級性，而缺乏民族性矣。

台灣地方自治制度之改革，在民國十八、九年（日本昭和四、五年）時候，時機業已成熟，台灣總督府內分成兩派，緩和派包含中川總督在內，主張實行民選以收攬民心，祇因武斷派死硬反對未見實現。同志間看此情形，多數同意設法促其提早實施，乃有另組台灣地方自治聯盟之議。蓋以為台灣議會設置運動、台灣民眾黨運動，都是站在純民族利益上面的政治鬥爭，須有強烈民族意識之人，方肯參加奮鬥。至於地方自治制度之改革，是屬總督府自身擬行之政策，為其內部意見未趨一致，遲緩施行而已，大家都明瞭此政治行情。因此，同志間顧及以其由台灣民眾黨出面，嚮應總督府之緩和派來推進改革，不如另組團體俾容易於吸收民眾黨以外的人出面，增強總督府緩和派之力量為得策，乃斷然決定數十人連署寫信，並派本人帶信前往東京，推請楊肇嘉君返台主持組織新的結社，楊君與全台各地之街庄長熟識，極具號召能力。豈料民眾黨領導人物，不以大局為重，不知分工合作之妙用，由獻堂先生及諸同仁苦口婆心分說，一概不予接納，最後本人直接向蔣渭水君保障，雖有地方自治聯盟之新組織出現，民眾黨所需每年之經費，本人絕對負責協力籌足，甚至定一數額由本人專責籌足，以此為條件，請其同意另組新黨，分化敵人內部力量，達成聯合陣線分工合作之妙用。不幸一切努力悉歸徒勞，反而於民國二十年二月八日民眾黨中央執行委員會，通過新擬之修改黨綱政策案，並決議除名本人及陳逢源、蔡式穀。民眾黨中常會先有決議，不准黨員跨黨，林獻堂、羅萬俥、林呈祿等多數在一月前，便各自行脫黨，本人則對蔣君明言，爾我皆為民族奮鬥之人，共事最多最久，吾為民族利益不願自減力量，君若真要開除我的名，是你自斷手足，你其慎為，他竟不予考慮，悲哉！

民國二十年（**日本昭和六年**）二月十八日，民眾黨在台北召開第四次黨員大會，出席一百七十餘名，通過新修改的黨綱政策時，警察突然出現，對該黨負責人，交付台灣總督太田政弘的結社禁止命令書，即時宣令解散集會，蔣渭水外近二十人被檢束，翌日始被釋放，台灣民眾黨公然聲明不作民族鬥爭，因之而成立存在三年有餘，最後真正地拋棄民族精神將轉入階級鬥爭的刹那，竟作如此無謂的下場。是年八月五日蔣君竟以傷寒之疾去世，當其病危，本人特從台南上北探視，彼此把手流淚，彼此微弱聲音說：「培火兄，請汝保重努力」，我說：「蔣的，汝安心去罷，同胞的事我會繼續地幹，請汝安心。」啊！痛心極了。（**蔣我私交如手足，本人長他二歲，素作如此相稱**）。

台灣地方自治聯盟民國十九年八月二十七日於台中舉行結黨式，到會者二百二、三十人，由蔡式穀司會，林獻堂任議長，設常務理事楊肇嘉等五名集體領導外，理事十名，評議員八十五名，洪元煌任主幹，置本部於台中市，全台各地設支部十五處，黨員總數約二千餘名，本人為專力於台灣議會設置運動，表面上與該結社沒有任何關係，在道義實質上，本人是積極支持的。迨民國二十四年秋第一次台灣地方自治選舉實施後，該結社之活動漸歸沉寂。

十一、台灣白話字運動

最後本人想報告有關台灣白話字運動的情形。本人十三、四歲的時候，家兄往台南讀書，當時本人還不能使用日文寫信，漢文更是不要說，彼此不能通訊感覺萬般困難。家兄乃在台南由基督教會方面，學得羅馬式白話字，在夏季放假的幾天工夫，便將他所學的白話字傳授給我，嗣後彼此之間的音信，即自由自在做通了。不僅如此，本人年少時在學習上，得此白話字的幫助也很多，因本人有此切身的體驗，自早就主張利用羅馬式白話字的方便，來迅速提高一般同胞的智識水準。

前面已經提過，本人在初次參加社會政治運動台灣同化會的時候，即提議普及台灣白話字作為入會的條件，又在接受台灣文化協會職務的場合，亦經要求同志們要大家同意，將普及白話字作為文協工作之一。本人於民國十三年十月，曾經使用羅馬式台灣白話字，寫了一本《十項管見》的書公諸社會。本人的這些作為，都是由於認定教育失學大眾，乃是同胞社會生活向上的起點，因此亦就一發憤恨日本愚民政策的毒辣，每得可以單獨行動的機會，沒有一次不想到使用白話字普及社會教育。當日本昭和四年（民國十八年）三月，本人得台南的同志協力，第一次公開創辦羅馬式白話字講習會（存有紀念相片），講習會場設於台南市武廟，參加講習的男女學生共五十餘名，每日講習兩小時，兩星期結業。本人用台語作「白話字歌」附譜教學生們唱，歌詞分三段，其一，世界風氣日日開，無分南北及東西，因何這個台灣島，舊相到今尚原在，怪、怪、怪，因何會按如，怪、怪、怪，咱著想看覓。其二，五穀無雨昧出芽，鳥隻發翅就會飛，人有頭腦最要緊，文明開化自然會，是、是、是，教育最要緊，是、是、是，咱久無讀冊。其三，漢文離咱已經久，和文大家尚未有，汝我若愛出頭天，白話字會著緊赴，行、行、行，勿得再延遷，行、行、行，努力來進取（土音多難唸）。第一期講習會順利完了，第二期將繼續辦理時，警察即來禁止舉辦，本人不服，幾次向總督府打交道，都沒有效果。

昭和六年（民國二十年）春，本人在東京與曾任台灣總督的伊澤多喜男討論台灣教育問題，他否認日本政府在台灣推行愚民政策之說，本人舉證禁止白話字講習會的事蹟。渠乃相勸若使用日本「假名」代替羅馬字，渠願協力促成普及實現，伊澤的姪女早就嫁中國留學生吳某，此人曾當過我國公使的職位。本人原來是欲用台語教育失學同胞，並不固執使用何種符號，乃不遲疑就接受他的意見。五月歸返台灣，六月即將日本「假名」予以修改，製成一套可以標寫台灣語的「假名」式白話字，六月二十六日向台南州知事，提出開辦「假名」式白話字講習會之申請書，豫定七月十六日開始講習。到期得不著許可書，本人不管其准不准，如期舉行講習，分日夜兩班，日間女子班只得七名學生，夜間男子班五十名學生，第一期順利完了。七月二十九日計劃舉行第二期講習時政府的禁止命令又到，不能如意進行。適以當時同志間所計劃的日刊新聞，獲得許可發行，需要本人協助開辦事宜，白話字運動一時又停頓了。迨至昭和九年（**民國二十三年**）又得機會，本人決心專為白話字問題下工夫，乃先作成普及台灣白話字的趣旨書，親自旅行全島，遍訪各地的領導階層人士求其贊成普及工作，得簽署者一百十一名。同年九月本人再往東京，向日本著名人士徵求贊成簽名，共獲四十九位著名人士之簽署贊成，其中政界如齋藤實元總理大臣，岡崎邦輔元農林大臣，太田政弘、南弘二位原台灣總督（**此二人是伊澤多喜男的關係而簽署者**），下村宏、人見次郎二位原台灣總務長官，又有日本帝國教會會長永田秀次郎，明治學院總理田川大吉郎，明治大學總長鵜澤總明，原東京高等師範學校校長嘉納治五郎，慶應大學總長小泉信三，東京日日新聞社長岡田實，日本新聞聯合專務岩永裕吉，眾議院議員安部磯雄、清瀨一郎，岩波書店店長岩波茂雄等。當時台灣總督中川健藏是伊澤氏的密友，伊澤曾對他說，普及白話字給四百萬台灣文盲的人，不啻在國民教育上需要，在人道上亦屬必要的事，希望他協助本人實施普及工作，在中川總督本人，卻是表示相當誠意，但因安武文教局長絕對反對，十一月本人結束東京的簽署返台，幾次向總督府有關部門交涉，或招待記者喚起輿論，都無法打開困難，最後昭和十年春中川總督對本人明白宣告，因府內意見未能協調一致，白話字普及問題，不能即予許可，希望從長研究以待將來，因此本人的努力又歸泡影。爾後時局一直惡化，本人自覺在台灣已經沒有可做的事，非另找出路不可，乃決然離家又到東京，先寫一本日文的書《東亞之子如斯想》，其中心要點是勸日本勿與中國戰爭，不幸而開戰必為兩國絕大災禍，此書出版，日本的武斷派以為本人是中國國民黨的地下工作者，藉此書來消滅日本人的戰意，本人被警察關了四十天，日本官僚一向因我講理而不叫人用暴力，對待本人都很客氣，但是這次就不客氣了，被侮辱用刑相當難受。幸有日本朋友如安部磯雄、岩波茂雄等出面保證，才被釋放沒有起訴定罪。七七事變發生後，適前妻在台南病逝，即率子女遷住東京，開設味仙台灣菜館，日據時期本人一切的工作，不能不說是完全失敗了。雖然，在開設菜館此段時期，亦未忘自修國文、國語，在自修之外，為有志之鄉友、後輩作學習國語、國文之指導，彼時之同學，而現在台北者有吳三連君、林秋江君（**外科醫師**），陳茂源、張漢裕兩君（**台大教授**），於今思之頗堪自憐。

民國三十二年一月，日本國內漸現疲憊，因我久年提倡中日友好親善，和平派的日本人極想尋找中日停戰的路徑，適本人自己也想到大陸看看，伊澤多喜男、後藤文夫等人為我保證，本人始被解除監視，與在東京的兒女忍痛訣別，隻身自長崎渡過上海，那時日本的摯友田川大吉郎已先我亡命在上海。民國三十四年六月初在上海與原籍福建廈門的青年吳旭初相識，此人係受重慶的機關所派，想接田川赴重慶，通過廣播與日本中央的和平派取得連絡，以促日本之及早降服。我們三人六月底，離開上海，經杭州溯錢塘江到達淳安，日本已經無條件投降了。九月三日我是在淳安慶祝勝利的，乃作「台灣光復曲」。在淳安等候中央的指示近一個月，九月中旬奉到指示，折返南京拜謁何應欽總司令聽候調遣，又候月餘何總司令才指示，事已完了田川無需前往重慶，於是我們的任務解除。本人自以為良機不可失，乃請何總司令准我個人飛往重慶，因台灣以全國八年抗戰犧牲光復祖國，個人應向中央致敬感謝，萬一中央有所垂詢，亦可奉答提供參考。幸蒙何總司令允准搭乘軍機，於十一月初安抵陪都，有同鄉舊知在機場相候，本人寄住軍事委員會國際問題研究所王芃生所長公館近四個月。翌年一月本人正式請准加入中國國民黨，即被命為台灣省黨部執行委員，雖然，本人以為最重要的還是普及白話字，振興社會教育，使失學之絕大多數男女同胞，獲得必須的智能，以應民主政制的需求，個人生活始能向上，國家基礎始能安固。在此確信之下，二月末與王所長同機飛上海返台以前，又作「新台灣白話字歌」，曰：文明開化誰不愛，原子時代已到來，四強之一大中華，落後百姓處處在，白話字像天使，要將學問的金鎖開，化我家庭成學界，你長進，這天使，帶你跑上文化的天台！附有曲譜可唱。

如上所陳台灣白話字運動，說是運動嘛，在台灣實際上，卻是未曾有過轟轟烈烈地大行動，無寧說是個人畢生的夢想行動為恰切。為什麼在談台灣民族運動的時候，又拿這樣瑣事說得絮絮不休呢？這是本人的愚見，亦是本人的愚誠所在，老實說，本人以為這事工裡面，在日據時期，藏有我民族同胞的最大權益在焉。可恨！帝國主義的日本人，他們懂他們看得出，他們知道這對他們不利，他們絕對不肯讓你去做。可惜可傷！反是長久倨促在黑暗環境的同胞同志們，他們眼睛瞎了，大多看不出這個，以為這是可有可無不急之舉，肯熱誠協助的實在寥寥無幾。雖然，我的日本人老師植村正久牧師鼓勵我說，你要普及白話字，這是你愛你同胞的最好服務。是呀，本人這個服務，真地是我民族運動最基本最重要的部份呀！但是，傷心得很，在日據時期，我是完全失敗了。

現在亦是在繼續我的服務，繼續我民族運動的服務，最基本又是最重要的部份，仍然是白話字運動的服務呀！說清楚一點，我現在在我國家中華民國裡，我在做我的民族運動，做我民族團結的運動，也就是三民主義中的民族主義運動咧！其最好手段還是白話字的普及。不過現在我用的白話字，已經不是以往的那個，是本人新編的，是用我國國語注音符號來新編的，這新編的白話字，現在稱為國語注音符號式閩南語注音符號。使用這新編的閩南語注音符號，要來打通我民族同胞間的語言阻隔，要來融會思想主義的瞭解，俾我民族同胞互相協和無間，不令任何敵人有隙可乘，更可加速完成我國家的重建，維護增強我民族文化的光輝。本人在日據時期的白話字運動，是完全失敗了，雖然本人深自確信，這些年來的服務，是絕對不會失敗，亦是不可以失敗的呀！我們同胞必須團結，反攻必定成功，共產匪幫必要消滅，中華民族才會復興，人類才有和平！反攻基地台灣省萬歲！中華民國萬歲！謝謝各位、請各位指教。

附言：當日座談會上因時間關係，全文沒有講完，茲感覺需要報告完整，特將當日在場沒有講完的部份，也一併補上了。

【各出席人員提出問題問答】

陳漢光問：台灣民族運動有聲應會、新民會、啟發會，且成立時間何者在先？何者在後？

蔡培火答：聲應會最先，啟發會次之，新民會最後。

廖漢臣問：《台灣》雜誌創辦資金，何以林獻堂未有捐助？

蔡培火答：林獻堂並非沒有捐款，只是他認為應當大家出錢，所以他沒有一次就捐最大筆的錢，他是經費的維持者，必要時陸續撥付就是了，當時最大一筆的捐款，是辜顯榮一次給三千元，但只是一次而已，是我親自去拿的。

林衡道問：當時民族運動如台灣文化協會等有無固定地址？

蔡培火答：有固定地址，如文化協會即在台北大安醫院，台灣自治聯盟在台中市。

黃得時問：日本人怕民族運動還是階級運動？

蔡培火答：日本人怕民族運動，不怕階級運動。

黃得時補充意見：

第一、櫟社的詩人，確是台灣民族運動的先驅，在清末民初，台灣最著名的詩社是台北的「瀛社」，台中的「櫟社」，以及台南的「南社」，其中櫟社的民族性最為強烈。該社創立於光緒二十八年，即民前十年，到民國十一年為紀念該社創立二十週年，曾刊行《櫟社第一集》，收社員三十二人之作品共六百十七首。據林資彬撰〈櫟社二十年問題名碑記〉云：「是歲辛亥三月，梁任公、湯明水兩先生亡命海外，適然戾止，觴詠之歡，有逾永和」。後來，該社受梁任公之影響，逐漸染上濃厚之政治色彩，引起當時台灣總督府警務局之特別監視，竟然把民國二十一年該社成立三十週年刊行的《櫟社第二集》加以全部查禁沒收，不准發行，在台灣各詩社所刊行的詩集，被日本政府查柰的，只有《櫟社第二集》。可知櫟社詩人們之民族意識和抗日精神，如何強烈。

第二、梁任公於民前一年，即辛亥年春，曾經來台作兩個星期的旅行。他來台之前，現任國立台灣大學中文系教授洪炎秋先生令先尊洪月樵先生曾寫信給任公。該信一直由任公長女令嫻女士收藏。最近我因為受國家長期發展科學委員會補助「梁任公遊台灣考」的需要，曾看見洪月樵先生的那封信。那封信，前後都沒有寫上姓名。因其中有「謔蹻」、「披睎」、「枯爛」三詩集，好容易才看出原來是洪月樵先生寫的，後來，再由洪炎秋先生監定，認為確實無錯。其中最有趣的是該信最後兩行：「此書恐為關吏所得，故不具明住址，後當相聞，以便來復。至於姓名，則敝集中所具張祿、韓翃，已非真面目矣」。可知日本人當時最禁台灣人和祖國人士通信，使寄信人洪月樵先生也不敢寫上自己的姓名和住址，日本人對台灣人的壓迫，由此可知其一斑。

第三、梁任公來台的目的，表面上雖然說是觀光，其實是要灌注民族精神給台灣人以及為辦報，向台灣人募款。前者收到相當的效果，而後者竟「一無所得」，使任公非常失望。這是因為日本政府的干涉太厲害，使台灣人要出錢也不敢出錢。任公在基隆登陸的時候已經遭受日本警察的盤問，幸好任公從日本帶來內閣總理大臣伊滕博文的介紹信，不然就不能登陸了。

又任公到台北的時候，有遺老百餘人，在東薈芳旗亭舉行歡迎會，當夜日本政府派特務埋伏四處，使任公席間之演說，不知如何是好。不過，當時任公所作四首律詩，卻不脛而走傳遍全台。其中，有「萬死一詢諸父老，豈緣漢節始沾衣」及「破碎山河誰料得，艱難兄弟自相親」之句，最為膾炙人口。由於上述三點，可知日本政府多麼怕台灣人和祖國人士之來往。

附註：本紀錄講演全文承蔡委員撰賜特此誌謝。

日據時期台灣政治社會運動史前言

（一九七〇、四、一）

白駒過隙，時不我與，同人等而今已是古稀見外之人矣。每逢相識詢及日據時期台胞之抗日運動如何，有無刊行可供參考之記錄，輒窘於應對。蓋因向來固不無類似之著作，只因各囿於立場與背景，難免倚重倚輕，又乏整體之敘述。同人等痛感有責將身歷其境之事跡，原原本本纂修整理，以供大方之參考。緣是三年來，各盡所能，從事編輯，仿記事本末體裁，編成一冊，分為十章。商假自立晚報紙面予以公表，聊完同人等之心債。

台灣被日本佔據達半世紀，若自公元一八九五年六月十七日，日人所謂始政紀念日算起，恰為五十年又兩個月。在此悠悠五十年間，台灣同胞之抗日民族運動可分為武力與非武力的兩個階段。前者自公元一八九五至一九一五年，以噍吧哖事件為尾聲之二十年間，台灣同胞不斷以武力抵抗，此落彼起，前仆後繼，不乏可歌可泣之事蹟。奈因當時兵馬倥傯，社會紛亂，鮮有正確的資料流傳下來，間有私人記錄，惜多係出自傳聞。日人官方記載又因正邪不分，概以土匪稱之，事實上此間亦不無以抗日之名而作搶劫之行為者。況同人等斯時年齒尚幼，至多亦不過弱冠而已，既乏深刻之認識，又無保存記錄之恆心，以是資料缺乏，涇渭難分，寧缺勿濫，古有明訓，前段轟轟烈烈之武力抗日運動史，只好留待後賢纂修。

本篇從林獻堂與梁啟超之接觸寫起，迄《台灣新民報》被總督府強迫合併於《台灣新報》為止，約二十五年間。敘述台灣同胞為爭取民族的政治、經濟、文化之自由平等所作非武力抗日運動之崖略。雖然在其末期有左派掀起之階級運動，攪亂全民運動之陣線，但本篇仍限在民族運動之範圍以內。為避免與前段武力運動混同起見，乃定名為《日據時期台灣政治社會運動史》。至於《台灣新民報》被逼改題興南新聞以後之五、六年間，台灣處在日本法西斯勢力壓迫下，即左派運動亦不例外，悉歸消聲匿跡。

日人在此半世紀間處心積慮，務欲奴化我台灣同胞，但終歸於失敗，台灣人的生活習慣思想傳統，雖經異族長期間之摧殘，仍不失其炎黃子孫之本色。台灣復歸祖國懷抱，同胞克遂其長年孺慕之私者，端賴　領袖英明領導與全國軍民英勇抗戰之力，但能保持民族精神於一線，不致淪為琉球第二者，則此段運動或不無少補焉。

本篇志在纂錄史實，文字鄙陋在所不計，又因年代久遠，記憶不清，錯誤遺漏亦所難免，切望大方賜教以匡其不逮，幸甚。

撰述人（以筆劃為序）

吳三連、林柏壽、陳逢源、葉榮鐘、蔡培火

民國五十九年四月一日

光復節憶抗日民族運動

我生於民國前二十三年，比林獻堂先生小八歲，比蔣渭水先生大二歲。七歲那年，滿清被日本打敗，將台灣割給日本統治，從此受異族的宰制五十年，直到民國三十四年祖國戰勝日本，才重歸祖國懷抱。此間經歷的事故，可謂複雜多端，而尤以青、壯年階段致力於台灣近代民族運動，無役不與，備嚐苦辛，感觸最多。

限制台胞知識進步

在談台胞抗日運動之前，先要了解日本統治台灣的情況。日本當時是極端帝國主義國家，對其殖民地台灣採取絕對高壓的統治政策，不把我們看做平等的國民，而視為被征服的奴隸，在各方面加以無情的剝削和限制。在智識方面施行差別教育，日本人唸小學校，台灣人唸公學校，從初等、中等教育起就將我們的學童跟他們的隔離，不准學習同樣的學問。連林獻堂先生等人自行募款，籌設一所專供台人子弟就讀的私立中學校都不准，後來幾經周折，才改為由林獻堂先生等捐獻校舍，而由總督府設置的公立中學校。這就是台中中學的由來。總之，日據當局的教育方針是殖民地式的愚民政策，目的在限制台胞智識的進步。

在土地方面，也被日本人控制分區使用，要種什麼由他們支配，尤其製糖會社的侵入，造成耕地的大量獨占，迫使農民失去耕作機會，淪為備受製糖會社榨取的雇用蔗農，甘蔗價格也任由糖廠規定，生產者的利益被剝削，毫無保障。在貿易方面，不准台胞自組企業公司，對外進行貿易，必須拿資本參加他們的公司才可以。這樣昏天黑地的統治，使台胞除了納稅、出勞力外，毫無權利和福利可言。台胞懾於日人的淫威，大多敢怒而不敢言。

非武力抗日運動萌芽

日本據台之初，台胞激烈反抗，起事者都採取傳統的武力革命方式。然而傳統的革命方式，既缺乏健全的組織和週詳的計劃，又沒有雄厚的資財做軍費，再加上武器陳舊，自然總是歸於失敗。從乙未割台到民國四年的噍吧哖事件，這二十年間抗日志士前仆後繼，不斷起義，較著名者有林大北、劉德杓、蔡清琳、羅福星等人的革命。但最震撼全台，犧牲最慘重的則為噍吧哖事件。該役株連最廣，日人的鎮壓也最慘酷，從此台胞明白武力抵抗，無異以卵擊石，最後是死路一條。於是從民國四年以後，台胞的抗日運動便轉變為非武力的鬥爭方式。

當台胞匐伏呻吟於日據當局高壓統治之下時，適有日本明治維新元勳坂垣退助伯爵於民國三年來台與林獻堂先生等人籌設同化會。坂垣希望以台胞為橋樑，溝通中日兩大民族的感情，林獻堂等則欲藉坂垣的聲望地位，求助台胞政治社會地位的提高。「同化」二字雖有牴觸民族精神之嫌，但在現實的政治社會形勢下，台胞可以藉機吐氣，故一呼百應，全島各地識者踴躍參加。我也在台南聲明加入。

可惜該會成立只一個月，便遭受在台日人的嫉視，總督府隨即下令解散該組織，同時我的教員職務也被地方官署剝奪而成失業之人矣！但因加入該組織之故，使我能夠結識林獻堂先生等人，後來更為民族運動併肩作戰，共同為民族運動諸役奮鬥。我在失業兩三個月後，幸獲林獻堂先生及高再得醫生之資助，於民國四年四月到達日本留學，翌年考入東京高等師範學校。

東京留學生的活動

世界各民族爭取自由解放者，往往由其海外留學生首先點燃運動的火把。日據時代的台灣近代民族運動也是由東京的台灣留學生在面對世界思潮的衝擊和反應之後醞釀出來的。民國八、九年之際，東京的台灣留學生達到了空前的人數，年輕人的志氣不容我們對台胞的現狀不聞不問。但推展運動一定要有組織，於是東京留學生以林獻堂先生（他常來東京訪友及探視留學的親族子弟）、蔡惠如先生（他因經商，頻頻來往於台灣、東京與中國大陸之間）為中心組成啟發會、新民會等團體。

新民會成立後不久，苦無會場，曾由我向植村正久牧師商借富士見町教堂舉行政談演說會，會中發洩留學生對台灣政治的不滿，惟對運動尚無一定目標的主張。當時留學生界有傾向於要求「台灣完全自治」者，但依當時台灣的實際情形，勢必與總督府形成正面的衝突，其後果不問可知，有識之士深不以為然，經過一番討論後，東京留學生界終於確定了台灣政治改革的目標——台灣議會設置請願運動。這項運動從民國十年一月三十日第一次提出，以迄民國廿三年最後一次提出，十四年間凡十五次，成為日據時代台灣民族運動的主流。

議會請願運動的衝擊

第一次請願運動簽署者一八七人，除領銜的林獻堂先生等十人外，均為東京的台灣留學生，同年四月十日，我隨林獻堂先生歸台，訪問各地演講，受到非常熱烈的歡迎，由於宣傳的結果，議會請願運動受到台胞普遍的響應，至第二次提出時，簽署人數已超過五百人。同時，為強化請願運動的進行，籌組台灣議會期成同盟會，民國十二年初向日據當局提出結社聲請，不意三日後即被命令取締。被取締的同盟會會員，會集在台北市大稻埕蔣渭水先生經營的大安醫院，討論第三次議會請願運動的事宜，蔣渭水先生、陳逢源先生和我三人被推為請願委員，於二月六日連袂赴東京。

總督府方面面對如此高漲的民氣，決定加強箝制的手段，頒佈治安警察法，並於民國十二年十二月十六日發動震驚全台的治警事件，大肆逮捕議會期成同盟會會員，加以審判，處以監禁或罰金。我在日據時代從事政治活動，曾先後入獄四次。

「文協」加強思想武裝

民國四年以後台胞的非武力抗日運動，除議會請願運動外，尚有一支主力，就是文化協會。文協從民國十年成立，至十六年左右派分裂為止，巡迴全島舉辦各種文化講演，灌輸台胞新知識，明瞭世界大勢，加強了和日本人鬥爭的思想武裝。

民國十六年文化協會被連溫卿所代表的左派侵奪了主導權。我在導致文協分裂的臨時大會上，眼見左派氣焰囂張，當場表示今後文協路線與平素懷抱理想有違，聲明退出。右派——民族主義者的舊文協幹部多人亦一同退出。蔣渭水先生在文協左右分裂後，另組台灣民眾黨。新文協則在一批共產主義者的把持下，變成煽動農民同地主進行階級鬥爭的團體。其後，我和林獻堂先生商議，認為地方自治很重要，便請東京留學生團體新民會幹部楊肇嘉先生回台灣主辦台灣地方自治聯盟。

今昔天淵之別

回顧光復前的台胞抗日民族運動，在孤苦無助的環境中，始終堅持民族大義，以不同的方式和組織，致力於政治和社會改革，和日據當局進行了長達半世紀的鬥爭，這段可歌可泣的歷史為中華民族留下了一份寶貴的精神遺產。

民國二十年以後，日本開始侵華，野心越來越大，蘆溝橋事件後，台胞的抗日運動終於和祖國的抗日聖戰結合。抗戰勝利，不但使中國打敗侵略者，躋身列強，提高國際地位，也使台胞掙脫了五十年的異族統治桎梏，不再過著奴隸生活。今天政府實行三民主義，台胞生活在無歧視的環境中，和日據時代的差別待遇實為天淵之別。

際茲光復佳節，緬懷抗日往事，倍覺自由平等之可貴，尤其是今天大陸同胞的生活在極權的統治之下，我們必須要團結在政府的領導之下解救大陸同胞，以盡國民的責任。所以我希望台灣同胞一定要支持政府反共復國，消滅共產暴力，以三民主義統一中國，完成歷史所託付的使命。

國家圖書館出版品預行編目資料

蔡培火全集／張炎憲總編輯. --第一版. --
臺北市：吳三連臺灣史料基金會, 2000
[民 89]
冊；　公分
第 1 冊：家世生平與交友；第 2-3 冊：政治關係—日本時代；第 4 冊：政治關係—戰後；第 5-6 冊：臺灣語言相關資料；第 7 冊：雜文及其他
ISBN 957-97656-2-6（一套：精裝）
848.6　　89017952

本書承蒙
至友文教基金會
思源文教基金會
財團法人國家文化藝術基金會
中央投資公司等贊助
特此致謝

【蔡培火全集　二】

政治關係——日本時代（上）

主　　編／張漢裕
發 行 人／吳樹民
總 編 輯／張炎憲
執行編輯／楊雅慧
編　　輯／高淑媛、陳俐甫
美術編輯／任翠芬
中文校對／陳鳳華、莊紫蓉、許芳庭
日文校對／許進發、張炎梧、山下昭洋
出　　版／財團法人吳三連臺灣史料基金會
　　　　地址：臺北市南京東路三段二一五號十樓
　　　　郵撥：1671855-1 財團法人吳三連臺灣史料基金會
　　　　電話・傳真：（02）27122836・27174593
總 經 銷／吳氏圖書有限公司
　　　　地址：臺北縣中和市中正路 788-1 號 5 樓
　　　　電話：（02）32340036
出版登記／局版臺業字第五五九七號
法律顧問／周燦雄律師
排　　版／龍虎電腦排版公司
印　　刷／松霖彩印有限公司

定　價：全集七冊不分售・新台幣二六〇〇元
第一版一刷：二〇〇〇年十二月

ISBN　957-97656-2-6（一套：精裝）

蔡培火全集○家世生平與交友○政治關係—日本時代○政治關係—戰後○台灣語言相關資料○雜文及其他○蔡培火全集○家世生平與交友○政治關係—日本時代○政治關係—戰後○台灣語言相關資料○雜文及其他○蔡培火全集○家世生平與交友○政治關係—日本時代○政治關係—戰後○台灣語言相關資料○雜文及其他○蔡培火全集○家世生平與交友○政治關係—日本時代○政治關係—戰後○台灣語言相關資料○雜文及其他○